D0614213

BIONICLE®

L'héritage du mal

Greg Farshtey

Texte français d'Hélène Pilotto

Éditions
SCHOLASTIC

Catalogage avant publication de Bibliothèque et Archives Canada

Farshtey, Greg
L'héritage du mal / Greg Farshtey;
texte français d'Hélène Pilotto.

(BIONICLE; 4)
Traduction de : Legacy of evil.
Pour les 9-12 ans.

ISBN 978-0-545-99521-4

I. Pilotto, Hélène II. Titre. III. Collection : Farshtey, Greg BIONICLE; 4.

PZ23.F28He 2007   j813'.54   C2007-904040-3

Édition publiée par les Éditions Scholastic,
604, rue King Ouest, Toronto (Ontario) M5V 1E1.

5 4 3 2 1   Imprimé au Canada   07 08 09 10 11

Introduction

Zaktan, le chef des Piraka, s'arrêta au sommet de l'escalier de pierre. Si le renseignement qu'on lui avait donné était exact, l'escalier comptait 777 marches, des marches qu'il lui fallait descendre pour arriver à une vaste salle souterraine. Cette salle abritait le légendaire Masque de vie, un objet si puissant que même la redoutable Confrérie de Makuta n'avait jamais osé essayer de s'en emparer.

Bien sûr, s'il avait suffi de descendre un escalier pour en prendre possession, n'importe quel villageois matoran aurait mis la main dessus depuis longtemps. Non, l'escalier était gardé, la salle était gardée et le masque l'était aussi, sans aucun doute.

Y a-t-il quelque chose dans cet univers minable qui ne soit pas gardé? s'interrogea Zaktan.

Malgré tous ces dangers, les Piraka tenteraient l'aventure et utiliseraient tous les moyens, bons ou mauvais, pour s'approprier le masque. Après tout, c'était leur façon de faire habituelle.

Les Toa accomplissent des actes de « bravoure » stupides qui ne leur rapportent rien du tout, se dit Zaktan. Les Matoran travaillent sans arrêt jusqu'à ce qu'ils tombent raides morts avec, aux lèvres, un sourire de satisfaction idiot. Les Piraka, eux, volent les choses que les autres désirent.

C'était une belle vie pour un Piraka, même si elle était dangereuse. Elle lui offrait une foule d'occasions d'accroître sa fortune personnelle tout en participant à différents actes de destruction... sans parler du plaisir que procuraient l'exploitation des espèces inférieures, le déclenchement de désastres naturels et, de temps à autre, la mise à mort d'un Toa, tout cela au nom du profit.

Cependant, il devait admettre que ce monde ne se limitait pas aux masques Kanohi abîmés et aux Matoran gémissants. Les Piraka avaient autrefois fait partie d'une organisation secrète et extrêmement violente, connue sous le nom de Chasseurs de l'ombre. Après des siècles passés à piller, à incendier, à capturer et à vaquer à d'autres activités pour le compte de ce groupe et de son chef, le Ténébreux, les Piraka avaient décidé de voler de leurs propres ailes. Si leur ancien employeur les rattrapait, cette décision leur vaudrait, sans aucun doute, la peine de mort.

Nous nous occuperons de cette menace quand nous aurons le Masque de vie, songea Zaktan. Nous verrons bien, alors, qui vivra et qui mourra.

L'idée raviva en lui des souvenirs de la période pendant laquelle, avec les autres Piraka, il avait été Chasseur de l'ombre. Pour des raisons personnelles – et douloureuses –, c'était une époque à laquelle il préférait ne pas penser. Après tout, il avait été un être entier dès le jour où il s'était mis au service du Ténébreux. À présent, il n'était plus qu'une masse de protodites microscopiques, toute grouillante et bourdonnante, un monstre... même aux yeux de ses compagnons Piraka.

Malgré lui, ses pensées retournèrent dans le passé, le sien et celui des autres Piraka. Certains de ces souvenirs étaient des événements que lui-même avait vécus, alors que d'autres reposaient sur des histoires que Vezok, Hakann et les autres avaient racontées. Ces souvenirs réunis formaient un sombre tableau, l'héritage du mal qui avait presque conduit les six

Piraka à la victoire complète.

Zaktan continua à descendre l'imposant escalier en se souvenant...

1

Sept mille ans plus tôt...

Hakann planta ses doigts dans la paroi de la falaise et poussa un juron. La pierre friable et les rafales de vent glaciales menaçaient de le déloger de son perchoir précaire. À tout moment, un Toa en patrouille là-haut pouvait se pencher et l'apercevoir. Et puis, bien sûr, il y avait cette chute de 3000 bio jusque dans la rivière tout en bas...

Mais Hakann avait prévu tout cela. Son seul vrai problème était le poids mort accroché à sa cheville. Pire, ce poids mort était lourd et portait un nom : Vezok.

— Je savais bien que c'était un plan idiot! cria le compagnon d'Hakann qui essayait de se faire entendre malgré le vent.

— Un peu plus fort! répliqua sèchement Hakann. Il y a peut-être un Toa quelque part qui ne t'a pas entendu!

— Tu avais dit que ce serait une petite rafle rapide, poursuivit Vezok sans même baisser la voix. On entre et on sort. Tu n'avais pas parlé d'escalader des falaises abruptes en plein combat ni de s'introduire dans une forteresse Toa!

— J'ai dû oublier, marmonna Hakann. Écoute, Vezok, si ça ne te plaît pas, tu peux tout lâcher. Je veillerai à ce que tes amis — si jamais tu en as — sachent où trouver tes restes.

Hakann était convaincu que son plan était bon, mais malheureusement, sa réussite dépendait de deux voleurs. Les Toa qui avaient construit une base sur ce rocher désert, battu par les vents, avaient négligé d'inspecter les icebergs qui l'entouraient. S'ils l'avaient fait, ils auraient découvert que dans ces amas de glace se camouflait une tribu de Frostelus. Les Frostelus étaient des créatures malodorantes et grincheuses qui adoraient envahir le territoire des autres, mais détestaient qu'on envahisse le leur. Ils avaient rassemblé toute une armée et avaient rapidement assiégé les Toa.

Le commerçant matoran qui avait refilé ce renseignement à Hakann lui avait aussi dit que les Toa avaient l'intention de retirer leur « trésor » de l'île, d'ici quelques nuits. La seule issue qui n'était pas bloquée par les Frostelus se trouvait dans la falaise. Hakann en avait déduit que le trésor devait être quelque chose de léger et de facile à transporter. Il avait donc décidé d'épargner le voyage aux Toa en s'emparant lui-même du trésor avant qu'ils le transportent ailleurs.

Cambrioler les Toa était à peine moins risqué que jouer à chat perché, les yeux bandés, avec un scorpion-catapulte. Mais avec un partenaire pour attirer leur attention, Hakann était certain qu'il arriverait à entrer et à sortir de la forteresse avant même que les Toa ou les Frostelus aient le temps de s'interposer.

Sa première erreur avait été de faire confiance aux Matoran qui devaient le rencontrer au pied de la falaise avec l'équipement d'escalade. Sa deuxième erreur avait été d'embaucher Vezok.

— Si on nous attrape, ne crains pas d'être mis en cage, grogna Vezok. Tu ne vivras pas assez longtemps pour ça.

Hakann fit comme s'il n'avait pas entendu la menace. Il observait le Toa qui patrouillait sur la corniche. D'après les renseignements qu'on lui avait fournis, ce Toa à l'armure bleu-vert pouvait manipuler la végétation. Hakann sourit; il s'imaginait déjà en train de humer la douce odeur des arbustes en feu.

Il se remit à grimper en serrant ses dents pointues. Vezok le suivait de près, sans cesser de grommeler. Lorsqu'ils furent tout près du sommet, Hakann fit signe à son compagnon de s'arrêter. Le moment de l'attaque était critique.

Le Toa passa juste au-dessus d'eux. L'instant d'après, Hakann sauta sur la terre ferme et abattit le Toa par-derrière, à l'aide de sa vision thermique. Vezok se joignit à lui, riant pendant qu'il décochait vers le garde des décharges de sa vision à impact. Vaincu, le Toa s'écroula par terre.

— Balançons-le dans le vide, dit Vezok en affichant un large sourire.

— C'est ça. Et dès qu'un Toa regardera par ici et se rendra compte qu'il manque une sentinelle, il donnera l'alerte générale. Franchement, Vezok, j'ai déjà entendu parler de personnes qui avaient de l'eau dans les oreilles, mais jamais de quelqu'un qui en avait entre les oreilles.

Hakann remit le Toa inconscient sur ses pieds et l'adossa contre une pierre.

— Voilà. Ainsi, il aura l'air de faire une pause. Allez, on y va.

L'héritage du mal

Pendant qu'ils couraient vers la forteresse, Vezok se demanda dans quoi il s'était embarqué. De toute évidence, Hakann le considérait seulement comme une masse de muscles, sans se rendre compte qu'il avait la réputation d'être un maître voleur et un fin stratège. Sa voix rude et son comportement excessivement brutal n'étaient qu'une façon de camoufler sa grande intelligence. Son esprit vif lui disait qu'un seul d'entre eux parviendrait à s'enfuir de cette île… et Hakann pourrait être bien surpris d'apprendre lequel ce serait.

Deux Toa gardaient la sortie de la forteresse. L'un était muni d'une masse, et l'autre, d'un fléau. Tous deux semblaient avoir envie de découper un bandit ou deux en rondelles, pour le simple plaisir de rompre la monotonie de leur tour de garde.

— Distrais-les, ordonna Hakann.

— Fais-le toi-même, répliqua Vezok. C'est toi qui as une armure rouge. Ils vont te voir venir un kio à la ronde, de toute façon.

Hakann s'efforça de garder son calme.

— Écoute, pourquoi compliquer les choses? Tu n'as qu'à avancer en trébuchant et faire semblant d'être blessé. Quand ils auront quitté leur poste, je

9

me faufilerai à l'intérieur.

— J'ai une meilleure idée, rétorqua Vezok. Pourquoi faire semblant?

Sur ces mots, il frappa violemment Hakann dans le dos. Après avoir fait un vol plané, celui-ci atterrit tout près des Toa. Les deux gardes réagirent aussitôt en chargeant l'envahisseur, armes au poing. Hakann ne put que grogner de douleur.

Vezok profita de l'occasion pour se précipiter vers la porte. Elle était en pierre et cadenassée, mais ce n'était pas un problème pour lui. Une petite torsion, et le cadenas se cassa en deux. Vezok se glissa à l'intérieur et referma doucement la porte derrière lui. Comme Hakann lui avait expliqué son plan en détail, il savait exactement où chercher le trésor.

Cela avait été la troisième erreur d'Hakann.

Vezok traversa rapidement les couloirs et gravit l'escalier menant à la tour. Plus d'une fois, il dut se cacher dans l'embrasure d'une porte pour éviter les Toa. Mais pour lui qui avait déjà réussi à s'introduire dans un réseau de cavernes rempli de Rahi à mille yeux, sans se faire repérer, c'était un jeu de Matoran.

L'héritage du mal

Une balle de lave en fusion passa près d'une fenêtre de la tour. Vezok sourit. Comme il l'avait espéré, Hakann résistait et, de ce fait, il attirait toujours plus de Toa. Tant que ceux-ci s'occupaient de leur prisonnier, Vezok savait qu'il pourrait quitter facilement les lieux.

Quand il entra enfin dans la salle de la tour, il fut surpris de la trouver presque vide. Elle ne contenait qu'une table sur laquelle une plaque de pierre était posée. Les mots *Pierre Makoki* étaient gravés sur la plaque.

Vezok fronça les sourcils. Cela ne ressemblait pas du tout à un trésor. Toutefois, en y réfléchissant bien, il se rappela que le mot *Makoki* signifiait « clé » en matoran.

Serait-ce donc une clé? se demanda-t-il. *Une clé pour quoi? Pour accéder à une quelconque voûte cachant un trésor? Pour dévoiler un endroit secret? Ou bien les renseignements obtenus par Hakann étaient-ils faux et tout ceci n'était qu'une farce?*

Furieux, Vezok cogna la pierre contre la table. C'est alors que ses yeux perçants remarquèrent quelque chose d'étrange. Même si la surface rugueuse de la pierre semblait plutôt nette, elle ne l'était pas complètement. En regardant bien, on y voyait de très fines égratignures, presque microscopiques. Elles étaient tellement dispersées que, même si quelqu'un les avait remarquées, il aurait pensé qu'elles étaient le résultat d'une usure normale.

Mais Vezok n'était pas quelqu'un d'ordinaire. Il savait reconnaître d'un coup d'œil les choses de grande valeur. Il s'agenouilla et examina la pierre de plus près.

Non, ces égratignures n'étaient pas dues à l'usure, loin de là. Elles étaient une forme d'écriture! Cela ressemblait à du matoran moderne, mais assez différent pour être presque indéchiffrable. Il réussit néanmoins à en comprendre suffisamment pour se faire une idée de ce qui était écrit sur la pierre. Même lui était surpris.

Il s'agit d'une archive de la Confrérie de Makuta, se dit-il, révélant ses pensées dans un murmure. *L'une des organisations les plus puissantes et les plus généreuses de l'univers. Le nom de tous ses membres, l'emplacement de ses forteresses, tout. Tout est gravé sur cette pierre.*

Vezok savait qu'il devait soit s'en emparer et quitter les lieux au plus vite, soit repartir les mains vides, mais son esprit continuait à essayer d'analyser ce qu'il venait de découvrir. Pourquoi des Toa, se proclamant eux-mêmes héros et gardiens de la justice, conserveraient-ils des renseignements au sujet d'une autre puissance bienfaisante? Dans quel but?

La réponse s'immisça dans son esprit comme un serpent affamé.

Les Toa ne font pas confiance à la Confrérie, comprit-il. *Ces Toa-ci, en tout cas. Ils amassent des renseignements sur la Confrérie, dans l'éventualité où elle les trahirait un jour.*

Cette pierre n'était pas un trésor. C'était une bombe. Si la Confrérie apprenait son existence, les Toa deviendraient des suspects ou, pire encore, leurs troupes seraient dissoutes. Et si les Toa découvraient que la pierre avait disparu, ils pourchasseraient le voleur jusqu'aux confins de l'univers. Seul un fou courrait le risque de provoquer une catastrophe en s'emparant d'un tel objet.

Un fou, songea Vezok en saisissant la pierre, *ou quelqu'un qui rêve d'être un jour plus qu'un simple voleur.*

En parcourant, en sens inverse, le chemin qui l'avait mené jusque-là, Vezok souriait. Le mot *Makoki* était tout à fait approprié : cette pierre était bel et bien une « clé ». À vrai dire, Vezok ne serait pas surpris qu'elle ouvre une quelconque serrure, quelque part, comme n'importe quelle clé. Quelle façon ingénieuse de détourner l'attention de sa vraie nature, celle d'une clé de la connaissance et, peut-être même aussi, une clé de la victoire?

Vezok sortit par où il était entré. Au début, il ne vit pas Hakann. Puis il aperçut un petit groupe de Toa. Ils essayaient de retenir un individu qui se débattait.

Bonne chance, Hakann, pensa Vezok. *Quand tu renonceras à lutter et que tu commenceras à parler, je serai déjà loin d'ici.*

Vezok commença à descendre la falaise aussi vite que possible. Son bateau était amarré aux rochers tout en bas. Lorsqu'il serait assez loin, il prendrait le temps de décider du meilleur usage à faire de cette pierre Makoki.

— Tu vas quelque part?

La voix venait de derrière lui. Vezok jeta un coup d'œil par-dessus son épaule, convaincu qu'un Toa l'avait aperçu. Mais le personnage qu'il vit n'était pas un Toa. C'était un être puissant, à l'armure bleue et or, qui planait en l'air, les bras croisés, et qui semblait aussi détendu que s'il discutait chaque jour avec des gens accrochés à la paroi d'une falaise.

Vezok comprit tout de suite qu'il se trouvait en mauvaise posture. S'il lâchait la falaise pour tenter de se battre, il plongerait aussitôt vers la mort. Il décida donc d'essayer de s'en sortir en bluffant.

— J'adore l'escalade, lança-t-il en ricanant. C'est bon pour la santé.

— Je connais quelque chose qui ne l'est pas, répondit le personnage. Cambrioler les Toa.

— Tu es expert en la matière, c'est ça? demanda Vezok.

Le personnage sourit.

— Je dévalisais déjà les Toa quand toi, tu volais aux étals de fruits des marchands matoran. Donne-moi ce que tu as trouvé là-haut, peu importe ce que c'est.

— Je n'ai rien trouvé, mentit Vezok. Les Toa n'ont rien qui vaille la peine d'être volé.

— C'est un ordre, répliqua le personnage qui, aussitôt, à l'aide du lanceur fixé à son bras, projeta vers Vezok un disque Rhotuka.

Frappé par le disque, Vezok découvrit qu'il ne pouvait plus maîtriser ses muscles. C'était comme si toute coordination était devenue impossible. Il lâcha prise malgré lui et se mit à tomber, pour être finalement rattrapé par le personnage blindé.

— Si je dois te le demander une troisième fois, je vais me fâcher. Et quand je me fâche, j'ai tendance à laisser échapper les choses.

— C'est bon! rétorqua Vezok d'un ton sec. Une pierre... J'ai trouvé une pierre. C'est peut-être la clé menant à une voûte ou à quelque chose de ce genre. Je l'ignore. Je me suis dit que je la garderais jusqu'à ce que je découvre quelle serrure elle peut ouvrir.

Le personnage sourit.

— C'est mieux. Ainsi, tu as réussi à t'introduire dans une tour des Toa et à les cambrioler, pendant que ton partenaire se faisait attraper... grâce à toi? Impressionnant. Je connais quelqu'un qui aimerait peut-être faire ta connaissance... si le travail de malfaiteur t'intéresse, cela va sans dire.

Suspendu au-dessus d'une mer en furie, seulement par la bonne volonté de son ravisseur, Vezok aurait même accepté de nettoyer des étables de Kikanalo à la main s'il l'avait fallu. Et puis, s'il restait près de ce nouveau venu, il aurait peut-être l'occasion de reprendre sa pierre.

— Bien sûr, répondit Vezok. Mais je n'ai pas l'habitude de voyager avec des inconnus. Comment t'appelles-tu?

L'héritage du mal

— Tu peux m'appeler l'Ancien, répondit le personnage en descendant doucement vers le bateau qui attendait plus bas. Quant à celui que tu auras le plaisir de rencontrer bientôt... voilà des siècles qu'il n'a pas de nom. Il se fait appeler le Ténébreux.

Ce jour-là, tous les Toa, sauf un, périrent sous les griffes des Frostelus. Le seul survivant s'appelait Lhikan. C'était un maître du feu relativement jeune et inexpérimenté. Le chef de son équipe lui avait ordonné de s'enfuir avec la pierre Makoki. Mais lorsque Lhikan s'était rendu dans la tour pour la récupérer, elle avait déjà disparu.

Il chercha la tablette de pierre pendant des années, en dépit du fait qu'il ignorait tout de sa véritable signification. Il ne connut jamais non plus l'identité de celui qui avait osé cambrioler une tour des Toa.

2

Une fois dans le bateau, l'Ancien expliqua à Vezok qu'aucun étranger n'était autorisé à connaître l'emplacement de la forteresse du Ténébreux. D'ordinaire, tout individu convoqué à une audience avait les yeux bandés pour éviter qu'il voie des choses qu'il ne devait pas voir.

— Malheureusement pour toi, je n'ai pas de bandeau sous la main, déclara l'Ancien, juste avant d'assommer Vezok.

Quand le maître voleur se réveilla, il était dans une vaste pièce en pierre. Il y régnait un froid glacial, même si un feu était allumé dans l'âtre. Les murs étaient décorés de masques Kanohi, dont certains étaient gravement endommagés. Dans un coin se trouvait quelque chose de plus étonnant encore : un tube hypostatique contenant un Toa, prisonnier, ses mouvements suspendus dans le temps.

Vezok jeta un rapide coup d'œil dans la pièce, notant les issues et le nombre de personnages qui se trouvaient entre lui et l'extérieur. L'Ancien était présent, ainsi que quatre autres de l'espèce de Vezok. Mais celui qui retint son attention fut le sombre personnage, à l'apparence presque bestiale, assis sur un siège qui se révéla être un trône. Celui-là, Vezok en était sûr, était le Ténébreux.

La porte de la pièce s'ouvrit avant que quiconque ait eu le temps de parler. Une silhouette invisible poussa Hakann à l'intérieur, sans cérémonie. Le personnage à l'armure rouge s'affala de tout son long sur le plancher de pierre. Se relevant aussitôt, il voulut charger vers la porte, mais en fut empêché par l'apparition d'une cage de glace autour de lui. Ses yeux lancèrent des rayons thermiques en direction des barreaux de glace, mais les rayons n'eurent aucun effet.

Remarquant l'expression de surprise sur le visage de Vezok, Hakann lui dit d'un ton sec :

— Eh oui! J'ai réussi à m'enfuir!

— J'admire le bon usage que tu fais de ta liberté, marmonna Vezok en guise de réponse.

— Silence, petits Piraka, coupa l'Ancien. Écoutez ce qu'on a à vous dire.

* * *

Juste avant que le Ténébreux commence à parler, Vezok songea au mot Piraka. En langage matoran, cela signifiait, notamment, « voleur », mais aussi beaucoup plus que cela. Un voleur ordinaire pouvait s'introduire dans un village pour y subtiliser quelque chose de valeur. Un Piraka, lui, incendiait le village en entier pour camoufler son méfait. En principe, un cambrioleur faisait un effort pour s'introduire quelque part et en ressortir sans être vu. Un Piraka, lui, détruisait par pure méchanceté toute chose et tout être qui s'y trouvaient.

Les Piraka étaient des criminels que même les autres criminels méprisaient et considéraient comme des moins que rien. Traiter ainsi quelqu'un était une façon infaillible d'amorcer une querelle qui durerait des siècles… et serait sans aucun doute ponctuée de violence. Peu de mots plus durs pouvaient sortir de la bouche d'un être doté d'intelligence.

Étrangement, toutefois, Vezok s'aperçut que le terme lui plaisait.

Il leva les yeux et vit que l'Ancien avait remis la pierre Makoki au Ténébreux. Le personnage assis sur le trône examina la tablette pendant quelques instants, puis la passa à un de ses assistants à l'armure jaune vif.

— Ambitieux, commenta le Ténébreux en promenant son regard de Vezok à Hakann. À présent, dites-moi : comment avez-vous appris que cette tour contenait quelque chose qui valait la peine d'être volé?

Hakann ne répondit pas. Vezok devina que garder le silence ne pourrait qu'écourter leur vie, alors il s'empressa de répondre :

— Un Matoran a refilé le renseignement à Hakann.

— Vraiment? dit le Ténébreux en souriant. Quel sage Matoran que voilà!

La porte de la pièce s'ouvrit une fois encore. Un grand personnage ailé et mince entra. Il avait l'air troublé et hésitant. Le Ténébreux l'invita à s'avancer.

— Voici l'un de mes agents secrets les plus efficaces, déclara le Ténébreux en se tournant vers Hakann. Mais je suis certain que vous le saviez déjà.

Intrigué par cette déclaration, Vezok jeta un coup d'œil à son compagnon. Hakann regardait le plafond, le plancher, bref partout sauf le nouveau venu.

Oh, non! Ce n'est pas vrai! songea Vezok.

Si « l'informateur matoran » d'Hakann n'existait pas et que sa véritable source était l'un des agents du

Ténébreux, les choses allaient bientôt devenir très, très compliquées.

— Mon ami ailé, ici présent, avait pour mission de voler cette même pierre, dans cette même tour, continua le Ténébreux. Mais il n'a pas pu le faire : vous vous en étiez déjà emparé.

Le Ténébreux garda un air impassible, mais le ton de sa voix se durcit.

— Voyez-vous, il avait perdu son temps à vous vendre le renseignement.

L'Ancien attrapa le personnage ailé par les bras avant qu'il puisse faire un geste. Le Ténébreux se leva, ses yeux crépitant d'énergie.

— Tu as trahi les Chasseurs de l'ombre, lança-t-il au prisonnier qui se débattait.

Des faisceaux d'énergie jaillirent des yeux du Ténébreux. Ils frappèrent l'informateur, détruisant les liens de cohésion moléculaire qui retenaient son corps en un seul morceau. Sans rien pour les retenir, les atomes du malheureux Chasseur de l'ombre s'envolèrent dans un million de directions différentes et il s'en trouva totalement désintégré.

— Je n'aime pas les traîtres, laissa tomber le Ténébreux en fixant ses deux prisonniers, mais je méprise les incompétents. Alors, tenez-vous-le pour dit : s'il vous arrivait d'élaborer des projets de trahison… arrangez-vous pour ne pas vous faire attraper.

Vezok hocha la tête, incapable de trouver quelque chose à dire. Hakann, lui, ne réussit même pas à en faire autant.

— J'ai maintenant un poste vacant dans mon organisation, poursuivit le Ténébreux. Vos vies sont sur le point de changer, mes deux voleurs…, ou de prendre fin.

Hakann, Vezok et le Ténébreux étaient debout sur une terrasse surplombant une vaste arène d'entraînement. Le chef des Chasseurs de l'ombre leur avait brièvement expliqué la raison d'être de l'organisation. Ses membres accumulaient puissance et richesse en se chargeant des missions que les autres trouvaient trop dangereuses ou trop malhonnêtes pour s'y risquer. Il n'y avait pas de limites à ce qu'un Chasseur de l'ombre pouvait faire s'il jugeait que la récompense en valait la peine.

— Imaginez, dit-il, des êtres dotés de la puissance et de l'organisation des Toa, mais jamais troublés ni par leur conscience ni par la moralité.

En bas, des Chasseurs de l'ombre de toutes sortes

simulaient des combats pour développer leur habileté. Le Ténébreux désigna deux personnages qui prenaient part à cette séance d'entraînement acharnée.

— Celui de droite s'appelle le Gladiateur. Son adversaire est une nouvelle recrue. Il s'appelle Sidorak. Regardez bien.

Le combat qui suivit fut intense, mais bref. Ce Sidorak à l'armure rouge était puissant, mais son style de combat était grossier, limité à des attaques en avant dans l'espoir de porter un coup. Malgré sa stature imposante, le Gladiateur plongeait, esquivait et démontrait une agilité surprenante. Lorsque Sidorak, épuisé, offrit une ouverture, le Gladiateur frappa deux coups rapides. Sidorak tomba au sol et y resta allongé, immobile.

— Est-il mort? demanda Vezok.

— Il préférerait l'être, répondit le Ténébreux.

D'autres Chasseurs de l'ombre arrivèrent et traînèrent Sidorak hors de l'arène comme s'il n'était qu'un tas d'ordures.

— Que va-t-il lui arriver à présent? demanda Hakann.

— Il se trouve justement que j'aurai peut-être besoin de lui, dit le Ténébreux. On lui permettra de partir d'ici vivant, mais, bien sûr, l'emplacement de notre site ne lui sera jamais révélé. Si j'étais convaincu qu'il ne nous serait jamais d'aucune utilité, il serait exécuté et son corps serait renvoyé dans son île d'origine, à titre d'avertissement aux autres.

Hakann observa la recrue qu'on emportait et marmonna :

— Mauviette.

— C'est ce que tu crois? demanda le Ténébreux. Tant mieux, parce que c'est justement ton tour.

Sur ce, il poussa Hakann par-dessus le parapet. Le voleur atterrit sur le sol lourdement. Quand Hakann leva la tête, il vit une femme Chasseur de l'ombre qui lui souriait en faisant tournoyer un poignard.

— Debout, os de Rahi, lança-t-elle d'un ton moqueur. La leçon de Lariska débute à l'instant.

Hakann se jeta en avant et attrapa une poignée de sable qu'il lança aux yeux de Lariska. Pendant qu'elle reculait en titubant, il lui fit une jambette pour la faire tomber. Quand elle fut au sol, il empoigna son lanceur de lave et visa.

À moitié aveuglée, Lariska lança un poignard. Il atteignit le lanceur d'Hakann, brisant le fragile mécanisme interne. Ne pouvant évacuer l'énergie dégagée par la lave en fusion qui s'accumulait à l'intérieur, le lanceur explosa.

Lorsque Lariska recouvra la vue, elle vit Hakann qui serrait son bras blessé. Elle lança un poignard droit sur lui. Aussitôt, les yeux du Piraka clignotèrent et projetèrent un double faisceau de chaleur qui fit fondre le couteau dans sa course. Deux autres faisceaux filèrent vers Lariska. Celle-ci fit une pirouette arrière pour laisser passer les rayons thermiques. Dès que ses pieds touchèrent le sol, elle bondit en avant et exécuta un parfait coup de pied sauté qui envoya Hakann s'affaler dans le sable.

— Personne... Personne ne se déplace aussi vite, parvint-il à dire, ébranlé.

— Je parie que tu dis ça à toutes les femmes, répondit Lariska. En particulier à celles qui te font tomber dans les pommes.

Hakann leva la main.

— Je suis un voleur, pas un guerrier. Je sais reconnaître que j'ai affaire à meilleur que moi.

Lariska haussa les épaules et rengaina son poignard.

— Mais ce n'est pas le cas aujourd'hui, ajouta Hakann en lâchant une décharge mentale.

Lariska, la tête dans les mains, tituba. Ses propres pensées devenaient des armes utilisées contre elle. Elle farfouilla à la recherche d'un poignard. Hakann augmenta la puissance de sa décharge, ce qui la fit tomber à genoux. Après quelques instants, elle s'écroula au sol.

Hakann se releva et épousseta son armure. Il lui avait fallu plus de pouvoir que prévu pour faire plier Lariska. Mais il rassembla ses forces et se tint raide comme un piquet, pour ne montrer aucun signe de faiblesse. Convaincu que le combat était terminé, il se retourna et s'adressa au Ténébreux.

— Dites donc, si c'est tout ce que vous avez à offrir, vous, les Chasseurs de l'ombre, commença-t-il, je vais être à la tête de cet endroit en moins d'une semaine et…

Hakann fut interrompu par la sensation d'une lame sur sa gorge.

— Première leçon, os de Rahi, murmura Lariska à son oreille. Il ne faut jamais tourner le dos à un ennemi avant d'être sûr qu'il a cessé de respirer. Et surtout ne jamais tourner le dos à un Chasseur de l'ombre avant que son cadavre se soit décomposé au soleil et que son armure ait été dispersée aux quatre vents.

Le Ténébreux se tourna vers Vezok.

— Choisis. Doit-il vivre ou mourir?

Vezok n'hésita pas une seconde.

— Tuez-le.

Le Ténébreux hocha la tête, satisfait. Puis il baissa les yeux vers Lariska et dit :

— Lâche-le. Ils ont tous deux réussi leurs tests.

À regret, Lariska rangea son poignard. Hakann se retourna et son regard croisa celui de la femme. Il n'y avait aucun respect ni aucune considération dans ses yeux… rien que de la haine pure.

— Si j'étais toi, j'aurais l'œil sur ces poignards, dit-il tranquillement, sinon l'un d'entre eux pourrait bien se retrouver planté dans ton dos, un de ces jours.

— Ne t'inquiète pas pour moi, répondit-elle. Je sais où se trouvent tous mes ennemis. Après tout, c'est moi qui les ai enterrés.

Là-haut, le Ténébreux avait fait appeler l'Ancien pour qu'il s'occupe des nouvelles recrues. Quand il partit, Vezok le regarda s'éloigner.

— Est-ce que je vais regretter toute cette histoire? se questionna-t-il à voix haute.

— Obéis aux ordres, fais ton travail et tu n'auras rien à regretter, répondit l'Ancien. Tu seras nourri, logé, protégé de tes ennemis et tu auras la chance de faire ce que tu fais le mieux : voler, tuer et te sauver avec le butin. Un seul conseil…

L'Ancien s'approcha et se pencha vers Vezok.

L'héritage du mal

— Beaucoup de trésors vont passer entre tes mains, des trésors de toutes sortes, allant des bijoux aux renseignements secrets. Tu seras tenté d'en garder certains pour toi et de les utiliser à ton profit. Ne le fais pas. Les Chasseurs de l'ombre qui sont tombés en disgrâce avaient tous suivi le même chemin, Vezok : ils se sont d'abord montrés avides... puis ils sont morts.

Pour leur première nuit à titre de Chasseurs de l'ombre, Hakann et Vezok dormirent dans une caserne rudimentaire, en compagnie de quelques douzaines d'autres. Au matin, ils se mirent à la recherche des quatre membres de leur espèce qu'ils avaient aperçus dans la salle du Ténébreux.

Le premier qu'ils rencontrèrent fut Reidak, un être brutal qui avait la réputation d'être un fin traqueur. Ce n'était pas un talent qu'il utilisait souvent, car il préférait détruire des villes entières pour trouver celui qu'il cherchait. Les Chasseurs de l'ombre l'avaient recruté après que, dans un accès de colère, il avait exterminé la population entière d'une île.

Les deux autres, Thok et Avak, avaient des origines semblables. Tous deux avaient affronté des Chasseurs de l'ombre dans le passé, Avak à titre de geôlier et Thok lorsqu'il avait essayé de leur voler quelque chose. Tous deux avaient des talents que les Chasseurs de l'ombre pouvaient utiliser, et c'est pourquoi ils avaient été recrutés plutôt que tués.

Seul le dernier, un être à l'armure vert émeraude qui se nommait Zaktan, se montra réticent lorsque les nouveaux venus voulurent l'aborder.

— Il ne parle pas beaucoup, expliqua Avak. Des rumeurs circulent à son sujet. On raconte qu'il était esclave dans une mine de protodermis quand le Ténébreux l'a trouvé. On pourrait penser qu'il aurait été reconnaissant d'avoir échappé à une telle condition… mais on ne cesse de lui rappeler qu'il était un esclave et qu'il peut en redevenir un en un clin d'œil si c'est ce que le Ténébreux désire.

— Il y a des choses pires que l'esclavage, pas vrai? demanda Vezok.

— De toute évidence, tu n'as jamais mis les pieds dans une mine de protodermis, répondit Reidak. Je ne parle pas des mines dans lesquelles les Matoran travaillent… Je parle des vraies mines de protodermis, celles où travailler rime avec creuser sa propre tombe.

Vezok observa attentivement Zaktan. Il avait

croisé son lot d'êtres dangereux dans sa vie, mais il devait admettre que Zaktan le faisait frissonner. C'était comme si on avait fusionné la rage et le mal, et qu'on leur avait donné un corps.

Un jour, il fera quelque chose qui dépasse l'imagination, songea Vezok. Comme remplacer le Ténébreux, peut-être... ou s'emparer d'un objet qui obligera les Toa et la Confrérie à s'incliner devant lui... ou peut-être encore simplement nous mener dans le feu et nous anéantir tous.

3

Cinq mille ans plus tôt...

— Alors, tu viens ou pas? demanda Zaktan. Décide-toi.

Vezok jeta un coup d'œil autour de lui. La petite pièce où il se trouvait était un endroit exigu et humide qui sentait le Rahi mort. Si l'avidité et l'ambition avaient eu une odeur, elles auraient empesté la même chose.

Hakann, Thok et Reidak se tenaient dans le fond de la pièce, les yeux rivés sur Vezok. Seul Avak manquait, jugé trop indigne de confiance pour prendre part à cette conversation.

— Et si je dis oui? répondit Vezok.

— Dans ce cas, on frappe ce soir. Demain matin, le Ténébreux ne sera plus qu'un souvenir, ses alliés seront enchaînés et nous serons à la tête des Chasseurs de l'ombre.

De la façon dont Zaktan l'expliquait, le plan

semblait facile… tellement facile que cela rendait
Vezok encore plus nerveux.

— Et si je dis non?

Reidak sourit, découvrant de longues dents qui ne
laissaient planer aucun doute sur le sort qui attendait
Vezok s'il refusait : il ne quitterait pas la pièce de son
propre chef.

— Nous sommes assez nombreux? demanda
Vezok.

Zaktan hocha la tête.

— Assez pour que nous n'ayons pas vraiment
besoin de toi. Nous te faisons cette offre seulement
en raison de… d'une loyauté entre gens de la même
espèce, disons. Voilà des années que la grogne s'étend
parmi les Chasseurs de l'ombre au sujet de l'autorité
du Ténébreux. Promène-toi dans l'île et essaie de
trouver quelqu'un qui remet sans regret chaque
trésor trouvé ou qui n'a pas été emprisonné – ou
pire encore – pour offense au chef. Le moment est
bien choisi pour renverser le Ténébreux.

— Ses espions…

— … sont connus, termina Hakann. Nous nous
occuperons d'eux le moment venu.

Vezok grogna, fâché contre lui-même d'avoir tant
de difficulté à se décider. Après tout, il n'avait aucun

devoir de loyauté envers le Ténébreux. D'ailleurs, il n'avait jamais voulu faire partie de cette organisation. Il avait été parfaitement heureux lorsqu'il était voleur à son compte, libre de vivre comme il lui plaisait. Alors qu'à présent, il avait l'impression que le simple fait de rester en vie représentait un défi.

— C'est bon, dit-il. Je viens.

Il y avait en permanence de 50 à 100 Chasseurs de l'ombre basés sur l'île du Ténébreux. Certains y venaient pour se reposer et se divertir entre deux missions, d'autres pour s'y entraîner, et quelques-uns y étaient parce que le chef des Chasseurs de l'ombre voulait les surveiller. Le plan de Zaktan reposait sur la théorie selon laquelle la plupart des habitants de l'île en avaient assez de l'autorité du Ténébreux ou se fichaient complètement de savoir qui les dirigeait.

Après leur réunion, les cinq conspirateurs se séparèrent et consacrèrent le reste de la journée à essayer de ne pas se faire remarquer. Zaktan avait suggéré d'approcher la forteresse du Ténébreux deux par deux, en venant de directions différentes et à des moments légèrement décalés. Il n'était pas rare de voir deux Chasseurs de l'ombre se présenter en même temps pour faire leur rapport, mais cinq d'un coup, cela aurait semblé louche.

Il n'y avait qu'un petit nombre de gardes à l'entrée de la forteresse. Leur chef était un personnage bizarre qu'on avait surnommé Prototype. Il était le résultat d'un mélange forcé de Toa du feu et de Toa de la terre, ce qui avait produit un être hybride possédant une puissance énorme, très peu d'équilibre mental et des griffes vraiment impressionnantes. Malgré cela, ce n'était pas Prototype ou les gardes qui préoccupaient Vezok… non, le problème, c'étaient tous ceux qu'il ne pouvait pas voir.

Comme prévu, Vezok s'approcha de Prototype et engagea la conversation pour permettre à Zaktan de lui tendre une embuscade. Ce n'était pas une tâche facile, car Prototype n'avait rien d'un bavard. Vezok réussit néanmoins à lui faire tourner le dos à Zaktan.

Zaktan jeta un coup d'œil à la ronde pour s'assurer que personne ne regardait, puis il tira une décharge de sa vision laser en direction de Prototype. À sa grande surprise, les faisceaux ricochèrent sans lui faire aucun mal. Prototype remarqua toutefois l'attaque, car il se tourna vers Zaktan et dit :

— Pas bien.

Puis il frappa son attaquant, qui fut projeté dans les airs.

— Stupide, lâcha Prototype en secouant la tête. Les faisceaux de lumière ne me dérangent pas. Rien ne me dérange.

Sur le coup, Vezok fut tenté d'attaquer à son tour pour essayer d'assommer Prototype, mais il se rappela Zaktan, à demi conscient, propulsé dans les airs.

— Tu as raison, approuva Vezok. Il est stupide. En réalité, je crois qu'il a l'intention de trahir les Chasseurs de l'ombre.

— Ah oui?

— Oui, répondit Vezok. Tu dois aller le dire au Ténébreux dès maintenant. Il est dans l'arène d'entraînement qui se trouve à l'autre bout de l'île.

— Je le croyais à l'intérieur...

— Penses-tu que le Ténébreux prend toujours la peine de t'informer de tous ses déplacements? demanda Vezok d'un ton tranchant. Allez, grouille-toi! Si Zaktan blesse quelqu'un parce que tu n'as pas donné l'alerte, tu sais qui va être blâmé.

Il fallut une bonne minute à Prototype pour comprendre qu'il s'agissait de lui. Il haussa les épaules et s'éloigna d'un pas lourd, à la recherche du Ténébreux.

Avec un peu de chance, se dit Vezok, *il lui faudra un bon moment pour se rappeler qu'il n'y a pas d'arène d'entraînement à l'autre bout de l'île.*

Pendant ce temps, Zaktan était revenu en titubant et il cherchait le garde à la stature imposante. Quand il vit que Prototype était introuvable, il se mit en colère.

— Où est-il? ragea-t-il.

— Parti, répondit Vezok. J'ai fait ce que tu aurais dû faire dès le début. Nous voulions l'éloigner de l'entrée, Zaktan, rien de plus. Nous n'avions pas besoin de déclencher une guerre.

Zaktan observa Vezok avec méfiance.

— Et s'il y avait une guerre, sais-tu quel camp tu choisirais?

— Le même que d'habitude, répliqua Vezok en ouvrant la barrière de fer. Le mien.

Hakann les rejoignit quelques minutes plus tard, suivi de Thok et de Reidak. Ils rapportèrent que personne sur l'île ne semblait se douter de ce qu'il se passait. Les Chasseurs de l'ombre qui étaient fidèles au Ténébreux avaient été convoqués par Hakann à une réunion secrète pour discuter de problèmes de sécurité. Après les avoir tous réunis, Hakann s'était esquivé et était allé informer une demi-douzaine de gardes, parmi les plus puissants, qu'un groupe de traîtres était en train de conspirer contre le Ténébreux. Il leur avait indiqué la pièce où ils s'étaient rassemblés et avait insisté sur le fait qu'aucun de ceux qui se trouvaient à l'intérieur ne devait être autorisé à sortir sous aucune condition. Le Ténébreux viendrait s'occuper personnellement de leur arrestation et de leur condamnation.

— Très bien, murmura Zaktan. Nous allons nous rendre à la salle principale et nous emparer du Ténébreux ainsi que de tous ceux de ses lieutenants qui seront présents. Ensuite, l'île sera à nous.

— Un instant! protesta Vezok. Où sont tous les autres? Tu avais dit que tu pouvais compter sur un nombre suffisant de Chasseurs pour mener cette opération.

— Et c'est le cas, répondit Hakann. Cinq, c'est un excellent nombre. Quatre est un nombre attrayant aussi, bien sûr...

— Quand on divise le pouvoir en trop de parts, il ne vaut plus la peine qu'on le possède, dit Zaktan. Ce serait comme si ton corps était divisé en un million de petits morceaux, chacun capable d'agir de façon indépendante. Tu serais un être formidable… mais tu ne serais plus entier.

Zaktan invita les autres à le suivre. Le trajet dans les couloirs humides et froids menant à la salle principale ne prenait pas beaucoup de temps. Longer un couloir, tourner à droite, longer un autre couloir, tourner à gauche et…

Un mur de pierre lisse se dressa devant eux. Il ne se trouvait pas là, la veille. Il n'y avait alors qu'un long couloir menant directement à la salle du Ténébreux.

— Nous… Nous avons dû tourner au mauvais endroit, dit Hakann d'un ton où perçait la nervosité.

Le groupe de Chasseurs fit demi-tour et revint sur ses pas. Mais ils ne réussirent pas à retrouver le chemin exact, car un autre mur lisse était apparu là où il y avait une entrée, quelques instants auparavant. Ils furent obligés de tourner à droite plutôt qu'à gauche, puis de tourner à gauche en suivant un nouveau chemin qui longeait la limite intérieure de la forteresse. Chaque fois qu'ils avaient l'impression de s'approcher d'une sortie, ils se retrouvaient face à un autre mur.

— Nous tournons en rond! lança Vezok. Qu'essaies-tu de faire, Zaktan?

— Mais ce n'est pas ma faute! répliqua Zaktan

sèchement. C'est cet endroit. Tout a changé depuis hier!

— Même toi.

La voix venait d'en haut. Les cinq Chasseurs de l'ombre levèrent les yeux et virent l'un des personnages les plus redoutés de l'île, un dénommé Darkness, le traqueur dans les ténèbres. Il résidait d'habitude parmi les poutres de pierre du plafond, au-dessus du trône du Ténébreux. Si le dirigeant des Chasseurs de l'ombre venait à montrer le moindre signe de faiblesse, de remords ou de compassion, c'était le devoir de Darkness de l'éliminer afin qu'un autre puisse prendre sa place. Il quittait rarement la salle, et seulement pour aller « aiguiser ses griffes » en punissant les membres désobéissants de l'organisation. Sa présence dans le couloir, à ce moment précis, était sans contredit un désastre.

— Ainsi, le Ténébreux sait…? demanda Zaktan.

C'était la première fois que Vezok percevait de la peur dans sa voix.

Darkness hocha la tête.

— Nous devons sortir d'ici! cria Hakann en se précipitant déjà vers ce qu'il croyait être une issue.

Reidak et Thok lui emboîtèrent le pas, mais Vezok s'arrêta un instant.

— Tu sais ce qui va nous arriver, dit-il à Zaktan. Pourquoi ne t'enfuis-tu pas?

— Où veux-tu que j'aille? répliqua Zaktan. Nous sommes sur une île. Où que je me réfugie, il saurait me retrouver.

Vezok savait qu'il avait raison. Les Chasseurs de l'ombre avaient le bras long. Il n'y avait pas d'endroit dans l'univers entier où se cacher d'eux. Il se mit néanmoins à courir, parce que c'est ce qu'on fait quand une catastrophe est sur le point de se produire.

Bien sûr, aucun d'eux n'alla bien loin. L'apparition de nouveaux murs les guida efficacement vers la salle principale où les attendaient le Ténébreux, Darkness, l'Ancien et le personnage à l'armure jaune appelé Sentrakh.

Vezok s'attendait à ce que le Ténébreux les accable d'injures, les accuse d'être des traîtres et les menace de toutes sortes de châtiments. Mais il ne dit rien. Il se contenta de rester assis sur son trône et de regarder chacun d'eux à tour de rôle. Vezok s'était imaginé qu'il y aurait de la déception ou de la rage dans ses yeux, mais son regard était neutre et éteint. D'une certaine façon, c'était bien pire que si le

Ténébreux avait été furieux.

Il invita enfin Zaktan à s'avancer, expira, sourit et parut visiblement soulagé. L'espace d'un instant, Vezok pensa qu'ils allaient peut-être être épargnés.

Puis les yeux du Ténébreux devinrent rouges. Deux faisceaux d'énergie en jaillirent et frappèrent Zaktan. Il y eut un éclair de lumière aveuglant.

Quand l'éclat pâlit, Zaktan était toujours debout, mais terriblement transformé. Bien qu'immobile, son corps bougeait comme si chacune de ses cellules s'était animée individuellement. Pris de panique, Zaktan perdit le contrôle, et sa masse commença à se dissiper. Les fragments de Zaktan se mirent à voler dans tous les sens, comme un essaim de lucioles dispersé par une rafale de vent. C'était la chose la plus terrible que Vezok ait jamais vue de toute sa vie… et pourtant, il avait été témoin de nombreuses scènes horribles.

Il regarda le Ténébreux et fut surpris de constater que le chef des Chasseurs de l'ombre semblait stupéfait, lui aussi. Apparemment, les faisceaux n'avaient pas produit l'effet escompté. Quelque chose de très étrange s'était produit.

Zaktan se calma subitement. Démontrant une force de volonté inimaginable aux yeux de Vezok, il

L'héritage du mal

rassembla toutes les parties de son corps en un seul morceau. Il était redevenu un être entier, du moins aussi entier que pouvait l'être quelqu'un dans sa situation.

Le Ténébreux avait lui aussi retrouvé son sang-froid. Il se rassit sur son trône et regarda un à un les conspirateurs réunis.

— N'oubliez jamais, dit-il dans un sifflement semblable à celui d'une vipère lugubre.

Zaktan comprit, par la suite, que son corps avait été divisé en plusieurs milliards de protodites microscopiques. Chacun contenait une part de sa conscience et pouvait fonctionner indépendamment du reste de son corps. Cela lui permettait non seulement d'attaquer en envoyant une partie de lui-même sous forme d'essaim de protodites, mais aussi de voler, d'esquiver plus facilement les attaques et de se faufiler dans des espaces où même un insecte ne pourrait rentrer.

Il ne parla jamais de ce qu'il lui était arrivé ce soir-là, pas plus qu'il ne laissa quiconque en parler. Il apprit à s'adapter à sa nouvelle condition et à tirer parti des pouvoirs qu'elle lui procurait. En fin de compte, il devint un Chasseur de l'ombre cent fois plus puissant qu'il ne l'avait été auparavant.

Et jamais, pas même un instant, il ne cessa de détester le Ténébreux.

4

Quatre mille ans plus tôt...

— Que tous ceux qui s'accordent pour dire que c'était une mauvaise idée le crie à pleins poumons, grommela Reidak.

— Tais-toi et conduis, lâcha Vezok. Veux-tu que tout Metru Nui nous entende venir?

Les deux Chasseurs de l'ombre, accompagnés d'un troisième, Avak, se trouvaient à bord d'une frêle embarcation qui traversait le portail maritime en direction de l'île de Metru Nui. C'était un voyage risqué. Turaga Dume, le doyen de la cité, avait interdit aux Chasseurs de l'ombre de pénétrer dans le secteur, il y avait très longtemps. Il avait expliqué sa décision en disant que les Chasseurs de l'ombre apportaient anarchie et violence, mais en vérité, il savait que le Ténébreux avait des vues sur Metru Nui. Turaga Dume n'allait pas leur permettre de

45

débarquer sur l'île et risquer ainsi de perdre son pouvoir.

Faire appliquer cette loi posait problème. Il n'y avait aucun Toa à Metru Nui. C'était l'un des endroits les plus sécuritaires de l'univers parce que tout le monde savait combien la cité était essentielle au bien-être de tant d'autres contrées. On pouvait s'y procurer des biens qui manquaient cruellement ailleurs, et la quantité d'énergie produite par ses centrales était telle que Metru Nui pouvait en canaliser une partie pour l'envoyer à d'autres cités sans que cela lui nuise. Vouloir détruire l'île et ses habitants aurait été de la folie. Pour toutes ces raisons, les Toa n'avaient jamais eu à maintenir une présence dans la cité.

De toute façon, personne n'avait jamais considéré la possibilité de conquérir l'île... du moins, jusqu'à présent.

— Sommes-nous arrivés? demanda Avak.

Il se trouvait au centre de l'embarcation et ramait paresseusement. De temps à autre, il s'amusait à créer, avec son esprit, une prison autour d'un oiseau de mer et à le regarder tenter de s'échapper en battant nerveusement des ailes.

— Si nos renseignements sont exacts, la grotte

sous-marine devrait se trouver juste en dessous de nous, répondit Vezok.

Il jeta un coup d'œil autour de lui pour examiner l'endroit où leur périple les avait menés. Metru Nui était entourée d'une immense mer argentée, et était bordée, sur ses quatre côtés, par de solides murs de pierre. Par endroits, on avait aménagé des portails dans les murs pour permettre aux bateaux d'aller et venir.

Reidak se pencha pour examiner le liquide argenté. On devinait la présence de gros Rahi marins nageant tout au fond. Sans trop savoir pourquoi, il douta que ceux-ci fussent tous végétariens.

— Alors, qui va descendre là-dessous? demanda-t-il.

— J'ai pensé que nous pourrions tous y aller, répondit Vezok. Nous ne serons peut-être pas trop de trois pour…

— Quelqu'un doit surveiller le bateau, et je me porte volontaire, coupa Avak si vite qu'il en avala ses mots.

— Je me porte volontaire pour surveiller Avak qui surveille le bateau et pour m'assurer qu'il ne s'en ira pas sans nous, proposa Reidak.

Vezok se renfrogna.

— Vous avez entendu le Ténébreux. Vous savez ce qui est censé se trouver là-dessous. Si je descends seul, je finirai en collation. Alors, qui vient m'aider?

Avak regarda Reidak et dit :

— Tirons à pile ou face.

Lorsque Reidak approuva, Avak se jeta sur lui, l'empoigna et le fit basculer par-dessus bord, dans le liquide.

— On dirait bien que j'ai gagné.

Reidak répondit par une bordée de jurons qui aurait pu faire dresser les écailles à un serpent de pierre. Vezok poussa un ricanement et sauta dans le liquide à son tour.

— Tu restes dans le bateau, ordonna-t-il à Avak.

Puis il ajouta :

— Et le bateau reste ici.

Vezok et Reidak plongèrent sous la surface. Le liquide était glacial, plus froid encore que les pics enneigés de l'île des Chasseurs de l'ombre. Leur armure rendait les manœuvres difficiles dans le liquide, mais heureusement pour eux, l'agilité n'était pas essentielle à la réussite de cette mission. Seule la force serait importante, ici.

Les yeux de Reidak s'illuminèrent. Sa vision à infrarouge perça les flots sombres, mais ne révéla que la présence de poissons Rahi qui passaient par là. Il n'avait d'autre choix que de chercher avec méthode, en espérant que le Ténébreux leur avait fourni des renseignements exacts. Vezok et lui savaient qu'il n'y avait pas de temps à perdre : même leurs poumons surdimensionnés ne pouvaient contenir qu'une provision limitée d'air.

Quand ils furent près du fond, Reidak s'immobilisa et désigna quelque chose. Vezok vit un gros rocher entouré de glace qui semblait servir à bloquer l'entrée d'une caverne sous-marine. Les deux Chasseurs de l'ombre envoyèrent une décharge en même temps, faisant éclater le rocher en morceaux. Derrière se trouvait un bloc de glace d'au moins 30 mètres d'épaisseur.

Vezok hocha la tête. Ainsi, la légende disait vrai. Il aurait été bon qu'Hakann soit avec eux et qu'il utilise sa vision thermique pour faire fondre la glace. Soudain, Vezok se surprit à souhaiter la présence d'Hakann. Il n'aurait jamais cru cela possible et il ne le ferait probablement plus jamais.

Reidak commença à cogner sur la glace. Vezok utilisa sa vision à impact pour la fracasser. Régulièrement, tous deux remontaient à la surface pour respirer. Puis ils replongeaient et poursuivaient leur besogne.

Après plus de deux heures, le dernier morceau de glace céda enfin et révéla le « trésor » qui se trouvait à l'intérieur. Vezok vit un grand œil rouge s'ouvrir, puis un autre. La température du liquide augmenta brusquement, presque jusqu'au point d'ébullition. Un grondement sourd se fit entendre; il s'amplifia et devint un énorme mugissement. Dans la caverne, quelque chose commençait à ramper vers la liberté.

Le regard paniqué, Vezok fit un signe vers le haut. Reidak comprit le sens de son geste, et tous deux se ruèrent vers la surface. Ils grimpèrent à toute vitesse à bord du bateau, au moment même où Avak s'écriait :

— Quoi? Qu'y a-t-il? Qu'avez-vous vu?

— Rame! Rame! hurla Vezok. Éloigne-nous d'ici!

Avak obéit, mais pas avant d'avoir jeté un coup d'œil derrière lui pour essayer de comprendre l'origine de leur panique. Quelque chose bougeait sous les flots et se rapprochait d'eux rapidement. Soudain, la chose surgit de dessous et fit chavirer le bateau, envoyant les trois Chasseurs de l'ombre dans le liquide avant de replonger sous les flots.

— Qu'est-ce que c'était? s'exclama Avak.

L'héritage du mal

— Un petit cadeau, répondit Vezok. Destiné à Metru Nui, de la part du Ténébreux, avec ses meilleurs vœux.

Pour la première fois depuis des milliers d'années, la bête géante pouvait nager librement. Elle n'avait que des souvenirs assez confus de son passé, mais ce qui s'était déroulé avant n'avait plus aucune importance. La seule chose qui préoccupait le dragon Kanohi, c'était la grande, la terrible faim qui le tenaillait.

Percevant une source de chaleur gigantesque qui venait de l'île devant lui, il se dirigea vers elle. La chaleur était synonyme de vie et la vie était synonyme de nourriture. Aujourd'hui, enfin, il mangerait à sa faim.

Les trois compagnons avaient repris leurs places dans le bateau.

— Nous l'avons donc trouvé, dit Reidak. Est-ce qu'on rentre chez nous maintenant?

— Non, répondit Vezok. À présent, on attend.

— On attend quoi?

— Ce qui doit arriver inévitablement.

* * *

Le dragon Kanohi donna un grand coup de son énorme queue dans le liquide. Il s'approchait de la source de chaleur, mais il lui restait encore une bonne distance à parcourir. Il se souvenait à présent de cet endroit et des petits êtres qui l'habitaient. Il était déjà venu ici par le passé, bien avant que l'île soit occupée par tous ces bâtiments, collés les uns aux autres. Dans ce temps-là aussi, il était venu pour s'y nourrir, mais les habitants lui avaient fait mal. S'il survolait de nouveau la cité, les habitants recommenceraient sûrement.

Dans ce cas, il ne volerait pas, décida-t-il. Même si le liquide froid était désagréable et que la nage n'était pas sa façon préférée de se déplacer, il resterait sous les flots. Il trouverait un chemin pour parvenir jusqu'à la source de chaleur sans se faire voir des petits êtres. Puis, lorsque ses forces seraient revenues, il se chargerait de leur régler leur compte.

— Ils n'ont aucune chance, affirma Avak. Dès demain, la cité sera en ruine.

— Non, elle ne le sera pas, répliqua Reidak en souriant. Parce que nous allons la sauver, pas vrai, Vezok?

Vezok se dit qu'il ferait mieux de réévaluer à la

hausse l'intelligence de Reidak. Le Ténébreux n'avait confié le plan complet qu'à lui seul, mais Reidak avait réussi à tout deviner.

Je devrai le surveiller, songea Vezok. *Il est plus malin qu'il veut bien le laisser paraître.*

— Quelques heures à voir le dragon Kanohi saccager tout sur son passage devraient suffir à convaincre le Turaga Dume que sa cité a besoin de protection, déclara Vezok. Sans aucun Toa aux alentours vers qui se tourner, il demandera aux Chasseurs de l'ombre de veiller à la « protection de la cité » et ils accepteront de bon cœur. En échange, il leur permettra d'établir une base sur son territoire. C'est un bon plan.

— Ouais, approuva Avak. Mais s'il accepte, comment sommes-nous censés venir à bout de ce monstre?

Vezok se mit à ramer en direction de la cité.

— J'ai dit que c'était un bon plan. Je n'ai pas dit que c'était un plan parfait.

Le dragon Kanohi fracassa un entremêlement de toboggans sous-marins, puis se fraya un chemin au travers des murs épais des Archives de Metru Nui. Des Matoran descendirent dans les souterrains pour connaître la cause de ce fracas terrible et de l'inondation qui avait suivi. Dès qu'ils aperçurent le Rahi monstrueux qui s'était introduit dans leur bâtiment, ils se ruèrent vers les étages supérieurs, aussi vite que leurs jambes le leur permettaient.

Le dragon ne s'intéressait pas à eux, du moins, pas pour l'instant. Son but était d'atteindre la source de chaleur qui se trouvait encore assez loin. Plutôt que de sortir à la surface, il emprunta les étages inférieurs des Archives.

Mavrah, un archiviste onu-matoran audacieux, décida de le suivre. La créature avait laissé derrière elle des cylindres fracassés, des objets brisés et des murs écroulés. Plusieurs spécimens vivants, exposés aux Archives, avaient été libérés, forçant Mavrah à se déplacer prudemment, au cas où l'un d'eux serait affamé. Il devint bientôt clair que le monstre n'avançait pas au hasard, mais qu'il se dirigeait en ligne droite vers Ta-Metru.

Mavrah aurait poursuivi le dragon jusqu'à la Grande fournaise si son ami Whenua ne l'avait pas rattrapé et forcé à s'arrêter. Ce dernier était suivi de près par l'archiviste en chef, dont le masque dissimulait la peine qu'il ressentait devant tant de destruction.

— Turaga Dume a appelé les Vahki en renfort, dit

L'héritage du mal

Whenua en évoquant les forces de l'ordre robotisées de Metru Nui. Mais je ne suis pas certain qu'ils parviennent à l'arrêter.

— C'est... incroyable, murmura Mavrah, impressionné. Je n'ai jamais vu un tel Rahi. Pourquoi est-il ici? Que cherche-t-il? Il y a tant de choses que nous pourrions apprendre!

— Tu étudieras son cadavre, répliqua l'archiviste en chef d'un ton sec. À présent, sortons d'ici. Nous devons retourner aux niveaux supérieurs.

Les trois Matoran rebroussèrent chemin, s'efforçant de ne pas prêter attention aux bruits de combat qui emplissaient déjà les Archives.

Vezok, Reidak et Avak débarquèrent sur le rivage de Le-Metru, dans un endroit retiré. Vezok montra les brigades de Vahki en route pour Ta-Metru.

— Ils ont dû se rendre compte que quelque chose n'allait pas. Eh bien, nous attendrons jusqu'à la nuit tombée. Laissons-les s'échiner un peu.

Avak jeta un coup d'œil à la ronde pour trouver quelque chose qui pourrait l'occuper d'ici la tombée de la nuit. C'est à ce moment-là qu'il aperçut une douzaine de Vahki volant dans leur direction. Il se prépara à les combattre, mais à sa grande surprise, les Vahki passèrent au-dessus de leurs têtes, survolèrent l'océan et s'éloignèrent de la cité.

Mais où s'en vont-ils donc? se demanda Avak.

Finalement, les Vahki ne furent rien de plus qu'une nuisance pour le dragon Kanohi. La créature, complètement dégelée à présent, générait tant de chaleur qu'elle fit fondre la plupart des gardiens de la cité. Les autres tombèrent sous ses griffes et ses dents. Le dragon continua son chemin sans entrave jusqu'au secteur situé juste en dessous de Ta-Metru. Quand il fut sous la grande source de chaleur, il fracassa le plafond pour se frayer un chemin.

Il se retrouva en plein cœur de la Grande fournaise. Quand il plongea dans les flammes, les Matoran présents se dispersèrent, pris de panique.

Lorsque la nuit tomba, la peur régnait dans la cité de Metru Nui. Des brasiers incontrôlables s'étendaient dans Ta-Metru. Les rues étaient jonchées de morceaux de robots Vahki. Les Matoran rassemblaient leurs armes et se préparaient à lancer une attaque, aussi futile soit-elle contre le dragon.

Dans ses quartiers du Colisée, Turaga Dume était assis, ruminant sur le sort de sa cité. Un changement subtil dans l'atmosphère de la pièce lui fit comprendre qu'il n'était plus seul.

— Mauvaise journée? demanda Vezok.

Dume leva les yeux vers les trois Chasseurs de l'ombre qui venaient de s'introduire dans son sanctuaire. Un être moins courageux aurait fui devant la scène. Mais Dume avait été un Toa, puis un Turaga pendant des siècles. Son cœur ne connaissait pas la peur.

— J'aurais dû deviner, lâcha-t-il en se levant. Le dragon Kanohi est une arme, mais la main qui le tient est celle du Ténébreux.

— Ce qui se passe ici est une vraie honte, dit Reidak. Ce serait absolument horrible si le dragon Kanohi détruisait Ta-Metru. Et ce serait encore pire si une catastrophe pareille se produisait chaque semaine.

— De toute évidence, les Vahki ne peuvent pas vous protéger, ajouta Vezok. Faisons équipe et vous n'aurez plus jamais à vous soucier de ce genre de problème.

Un silence glacial s'installa dans la pièce. Plongé dans ses pensées, Dume tourna le dos aux Chasseurs de l'ombre. Les secondes s'écoulèrent. Enfin, le chef de Metru Nui ouvrit la bouche :

— Sortez.

— Vous faites une grave erreur, grogna Avak. Une *très grave* erreur.

Dume fit comme s'il ne l'avait pas entendu et fixa Vezok du regard.

— Je préfère voir la cité réduite en ruine… sans même deux briques qui tiennent encore ensemble… plutôt que de laisser ceux de votre espèce s'incruster ici.

— Voilà une décision qui n'est pas prise dans le meilleur intérêt de votre cité, répliqua Vezok en soulevant son harpon et en le pointant vers Dume. Il est peut-être temps que Metru Nui ait un nouveau chef?

Une décharge de feu traversa la salle, au moment même où Vezok lançait son harpon. Les flammes heurtèrent le projectile en plein vol, au centre de la pièce, et le firent fondre. Les Chasseurs de l'ombre se retournèrent et virent deux Toa qui se tenaient à la fenêtre, l'un portant une armure émeraude et l'autre, une armure rouge et or. Derrière eux, neuf autres Toa planaient sur le dos de Vahki, dans le ciel nocturne.

— Toa Lhikan! s'exclama Dume. Toa Nidhiki!

— Vous ne nous aviez pas dit que vous attendiez la visite de Chasseurs de l'ombre, lança Nidhiki, le

L'héritage du mal

Toa de l'air. Et moi qui croyais que nous n'aurions que des formes de vie supérieures à combattre.

— Nous avons reçu votre message, dit Lhikan, le Toa du feu. Ces trois-là sont-ils responsables des problèmes que vous avez présentement?

Dume hésita. Il aurait aimé qu'on emprisonne ces trois Chasseurs de l'ombre, mais alors, d'autres membres du groupe seraient envoyés pour les libérer. Metru Nui deviendrait un champ de bataille. Il fallait trouver une solution plus diplomatique.

— Ils doivent livrer un message de ma part, répondit le Turaga. Ils s'apprêtaient justement à rentrer chez eux.

Dume vit, dans les yeux de Lhikan, que le Toa avait parfaitement compris ce qui se déroulait dans cette pièce.

— Sage décision, commenta Lhikan. Ce n'est pas sécuritaire dans les parages, ajouta-t-il en regardant les Chasseurs de l'ombre droit dans les yeux.

Vezok comprit. Ses compagnons et lui pouvaient vaincre deux Toa et un Turaga n'importe quand. Mais onze Toa, c'était une autre paire de manches. Les Chasseurs de l'ombre n'avaient rien à gagner d'un tel combat et beaucoup trop à perdre.

— En effet, dit-il à Lhikan. Mais la cité est très

belle. Peut-être reviendrons-nous quand les choses se seront calmées un peu.

— Je serai ravi de vous faire visiter les lieux, railla Nidhiki en souriant. Du haut des Tours du savoir, on a une très belle vue... à condition de ne pas glisser et tomber, bien sûr.

Vezok sourit à son tour au Toa, mais tous deux savaient parfaitement que c'était plus par défi que par politesse. Il guida ensuite Reidak et Avak hors du Colisée. Les Toa les surveillèrent jusqu'à ce qu'ils soient à bord de leur bateau et qu'ils s'éloignent.

— Ouais, ça s'est bien passé, grogna Reidak.

Vezok eut un geste d'impatience.

— Ce n'est pas fini. Cela prendra peut-être un an, un siècle ou quelques millénaires... mais le Ténébreux obtient toujours ce qu'il désire.

Lhikan, Nidhiki et leur équipe de Toa menèrent une lutte acharnée contre le dragon Kanohi pendant un mois. Un grand nombre de bâtiments furent détruits, des secteurs entiers de Ta-Metru devinrent inhabitables et beaucoup trop de Matoran innocents trouvèrent la mort. Quand la bête fut enfin vaincue (grâce, en grande partie, aux efforts combinés de quatre Toa de la glace), les Toa ne ressentirent aucune fierté, seulement du soulagement.

Pendant qu'on discutait du sort du dragon, Nidhiki voulut essayer de l'achever. Mais les écailles blindées qui avaient repoussé tant de coups durant le combat l'en empêchèrent. On décida finalement de transporter le dragon sur une île dont les dirigeants avaient accepté de lui donner refuge et de le tenir éloigné des autres contrées. Lhikan et une demi-douzaine de Toa acceptèrent de piloter la barge transportant le dragon pendant que Nidhiki et le reste de l'équipe restaient derrière pour assurer la sécurité de la cité.

— Les Chasseurs de l'ombre ne s'en tiendront pas là, rappela Lhikan à Dume. Ils vont revenir. Nous aussi.

Il fallait plusieurs jours pour atteindre le nouveau lieu de repos du dragon Kanohi. Arrivée à proximité, la barge vogua jusqu'à un quai de métal, noir et tordu. L'apparence et l'atmosphère de l'île troublèrent les Toa. Certains secteurs semblaient tropicaux et sauvages, mais le reste était presque entièrement couvert de sinistres bâtiments en fer qui rejetaient une horrible fumée dans le ciel. Un membre de l'équipe jura avoir aperçu, par l'embrasure de la porte d'un bâtiment, une quantité imposante d'engins de guerre.

Une grande créature toute noire s'avança vers les Toa. Ses yeux sombres allèrent des héros au dragon Kanohi. Sa bouche dessina un vilain sourire.

— Cela fera l'affaire, dit la créature d'une voix sifflante. Cela fera tout à fait l'affaire.

— Je suis Toa Lhikan. Nous sommes venus de Metru Nui pour amener ce dragon ici, mais je dois vous poser une question : Voulez-vous vraiment d'une bête aussi méchante et aussi dangereuse sur votre île?

— La méchanceté, c'est quelque chose de bien relatif, Toa du feu, répondit la créature sans cesser de sourire. Dans votre cité, cette bête est un monstre. Sur mon île, c'est... une bête de compagnie qui a mauvais caractère. La réponse est donc oui. Au nom des miens, moi, Roodaka, j'accueille le dragon Kanohi sur nos terres.

5

Trois mille ans plus tôt...

Hakann s'accroupit sur le toit d'un édifice de Ga-Metru. Lariska était à côté de lui, s'amusant à faire tournoyer ses poignards, comme à son habitude. Au début, Hakann avait cru qu'il s'agissait d'un tic nerveux. Mais il avait bientôt compris qu'en fait, les poignards de Lariska étaient probablement les seuls « amis » en qui elle avait vraiment confiance.

Une autre nuit sombre, froide et sinistre enveloppait Metru Nui. Pour sa part, Hakann en avait déjà trop vu. Après l'incident du dragon Kanohi, le Ténébreux avait fait quelques tentatives pour prendre le contrôle de la cité ou, du moins, pour y installer une base – certaines évidentes, d'autres pas. Chaque fois, les Toa avaient anéanti ses efforts.

Il n'était pas surprenant que le Ténébreux soit devenu obsédé par Metru Nui. Aussi, quand la tentative de Thok d'enlever Turaga Dume avait échoué, le chef des Chasseurs de l'ombre avait perdu patience. Il avait réuni une légion formée de ses meilleurs agents et leur avait donné l'ordre d'envahir Metru Nui et de s'en emparer. Pour plusieurs, dont Hakann, cela avait semblé un projet très étrange et très risqué. Les Chasseurs de l'ombre vivaient cachés, menaient des raids rapides et disparaissaient. Ils n'avaient pas l'habitude de former des armées ou d'envahir des villes.

— Il y a un mot pour décrire un Chasseur de l'ombre qui sort en plein jour, avait alors déclaré Hakann. Une cible.

Cependant, le plan avait semblé donner de bons résultats. Quelques centaines de Chasseurs de l'ombre avaient attaqué Metru Nui à la tombée de la nuit, prenant les Vahki et les Toa de Lhikan par surprise. Pendant que les Matoran s'étaient mis à l'abri, les Chasseurs de l'ombre avaient pris possession d'une grande partie de la cité. Les Toa et Turaga Dume avaient été forcés de chercher refuge dans le Colisée. La victoire n'avait semblé être qu'une question de jours.

Puis tout avait mal tourné. La Toa de l'eau avait réussi à traverser le camp des Chasseurs de l'ombre et à rejoindre l'océan. Lorsqu'elle avait atteint une île, elle s'était présentée au Turaga de l'endroit et l'avait prié d'envoyer des renforts à Metru Nui. C'est ainsi que près d'une centaine de Toa avaient débarqué dans la cité et transformé en un long siège ce qui aurait dû être un combat éclair. Les Toa et les Chasseurs de l'ombre s'étaient alors engagés dans une guerre qui durait depuis des mois, et où les victoires se remportaient un metru ou une rue à la fois.

À présent, il y avait de graves pertes dans les deux camps. Le travail avait pratiquement cessé dans la cité. Les différents metru étaient très endommagés. De plus, avec autant de Chasseurs de l'ombre coincés à Metru Nui, les nouveaux trésors arrivaient au compte-gouttes dans les coffres de l'organisation. Dume et le Ténébreux savaient tous deux que seul un coup d'audace mettrait un terme à cette guerre… et cela devrait se produire très bientôt, avant qu'il ne reste plus rien à se disputer.

Hakann fut interrompu dans ses souvenirs par l'arrivée d'un Toa solitaire dans les rues en contrebas. À en juger par la couleur de son armure, c'était un Toa de l'air. De plus, son masque et son arme concordaient avec la description que Vezok avait faite de Toa Nidhiki. Hakann sourit. Quelle merveilleuse occasion, non seulement d'éliminer un Toa du combat, mais aussi de ravir à Vezok la chance de se venger!

Il s'apprêtait à bondir lorsque Lariska l'en empêcha.

— Un Toa mort de plus, cela ne nous donnera rien, dit-elle. Laisse-moi m'occuper de lui.

— Et t'en attribuer toute la gloire? grogna Hakann.

Lariska sourit à son tour.

— Permets-moi de reformuler ma phrase. Reste en dehors de ceci pendant que je prends les choses en main, si tu ne veux pas te retrouver dans la situation où tu étais, lorsque nous nous sommes quittés dans l'arène du Ténébreux.

Sans un mot de plus, elle bondit sur le toit voisin, puis sur un autre, et enfin, sur le sol. Elle se dirigea vers le Colisée, ce qui était la meilleure façon d'attirer l'attention d'un Toa.

En bas, Nidhiki mordit à l'hameçon. Il y eut un bref combat, qui laissa Hakann sur sa faim. À au moins trois reprises, Lariska eut l'occasion d'achever le Toa, mais elle ne le fit pas. Hakann se demanda s'il n'y avait pas moyen d'utiliser ce renseignement à son avantage.

L'héritage du mal

Le Toa disparut un bref instant. Hakann entendait Lariska parler. Quand Nidhiki fut de nouveau visible, il discutait avec Lariska. Hakann était beaucoup trop loin pour entendre leurs paroles. Il se demanda un instant si Lariska n'avait pas l'intention de passer dans le camp des Toa, puis il rejeta l'idée.

Elle aurait l'air horrible avec un masque et elle le sait, songea-t-il.

Quand Lariska revint, elle avait le même air qu'un Muaka qui aurait avalé un oiseau Gukko.

— Il est d'accord pour négocier. Nous devons envoyer un message au Ténébreux.

— Et si c'était un piège?

Lariska secoua la tête.

— Je ne crois pas. Il est loin d'être le bon menteur qu'il croit être. Il est fort probable qu'un jour, cela lui coûtera cher.

Le message, qui fut envoyé au moyen de Nui-Rama dressés, était clair et bref. Toa Nidhiki organiserait la capture de Turaga Dume, de Toa Lhikan et de tous les autres défenseurs de Metru Nui et, en échange, il prendrait la tête de la cité. La réponse du Ténébreux fut tout aussi claire : « Acquiescez à la demande de Nidhiki et, une fois la guerre gagnée, éliminez-le. »

Lariska avait donné rendez-vous à Nidhiki la nuit suivante. Comme la veille, Hakann resta tapi dans l'ombre et observa. Il se gardait bien de faire confiance à un Toa et il n'était pas tout à fait sûr des intentions de Lariska non plus. Elle essayait peut-être de se tailler une place de future reine de Metru Nui.

Nidhiki arriva en retard. Il avait l'air inquiet.

— Quelle est la réponse? Allez, vite, je prends un risque énorme rien qu'en venant ici!

— Du calme, dit Lariska. As-tu été suivi?

— Je ne crois pas, répondit Nidhiki. Lhikan m'a demandé d'aller sur les quais accueillir un bateau de ravitaillement. Il ne peut pas se détacher assez longtemps de ses fonctions de chef de l'armée des Toa pour travailler un peu, lui non plus.

Il est amer, se dit Hakann. *C'est bon, ça peut nous servir.*

— Nous acceptons ta proposition, dit Lariska. Demain, tu conduiras Lhikan et la garde du Colisée dans le canyon des Murmures infinis, à Po-Metru. Nous serons dispersés dans les grottes et au bas des collines. Quand ce sera fini, je m'occuperai personnellement de Turaga Dume… et la cité sera à toi, Nidhiki. Qu'as-tu l'intention d'en faire?

Hakann n'entendit pas la réponse de Nidhiki. Sur un toit tout près, un bref éclat de lumière rouge et or attira son attention. C'était Toa Lhikan! Il avait suivi Nidhiki et avait tout entendu.

Le Chasseur de l'ombre se mit à réfléchir promptement. D'un côté, s'il prévenait Lariska, elle aurait amplement le temps d'annuler le « piège » et de sauver l'armée du Ténébreux. D'un autre côté, s'il ne disait rien, Lariska serait disgraciée et la guerre serait terminée. Le hic, c'était que lui, Hakann, finirait prisonnier des Toa. Il devait trouver un moyen de sauver sa carcasse métallique.

Nidhiki s'éloigna. Quant à Lariska, elle n'était pas encore revenue. Hakann grimpa sur le toit et commença à suivre Toa Lhikan.

Le Toa détecta rapidement sa présence. Il tourna sur lui-même et projeta des flammes à l'aide de ses deux grandes épées de feu. Hakann les esquiva et frappa Lhikan d'une décharge mentale. Le Toa tituba, mais surmonta la douleur, frappant ses deux épées ensemble pour former un bouclier. Puis, avec une précision incroyable, il projeta le bouclier sur les jambes d'Hakann, qui tomba au sol. Le bouclier retournait vers Lhikan quand Hakann le toucha de sa vision thermique. Le bouclier tournoya et dévia de sa course. Le Chasseur de l'ombre bondit sur ses pieds et pointa son lanceur de lave droit sur Toa Lhikan.

— Je pourrais t'achever tout de suite, Toa, mais il y a eu assez de morts, déclara Hakann.

Il faisait un effort pour avoir l'air sincèrement préoccupé par les pertes de vie, mais en réalité, la seule vie qui l'intéressait, c'était la sienne.

— Il est temps que cette guerre finisse, ajouta-t-il.

Lhikan ne dit rien, se contentant de regarder Hakann avec mépris. Il savait bien que son opinion n'avait aucune importance pour le Chasseur de l'ombre.

— Tu sais ce que ton copain Nidhiki est en train d'organiser avec nous. J'imagine que, de votre côté aussi, vous élaborez un piège, reprit Hakann. Vous vous imaginez que vous allez tous nous emprisonner dans une grotte quelque part, jusqu'à la fin des temps. Mais… il y aurait peut-être un marché à conclure.

— Je ne négocie pas avec les Chasseurs de l'ombre, répliqua Lhikan d'un ton sec.

— Mais tu vas négocier avec moi, rétorqua Hakann en faisant de son mieux pour se contrôler. À moins que tu préfères ne pas savoir ce qui est arrivé à la pierre Makoki, il y a tant d'années?

Devant la proposition d'Hakann, Lhikan, l'espace d'un instant, ne put cacher sa surprise. Sentant la chance lui sourire, le Chasseur de l'ombre continua de plus belle.

— Je l'ai volée, mentit-il, et je l'ai offerte au Ténébreux pour obtenir une place parmi les Chasseurs de l'ombre. Si nous devons perdre cette guerre, tant pis… mais je suggère un échange. Vous récupérez la pierre Makoki et vous nous laissez quitter l'île.

Toa Lhikan évalua la proposition. Libres, les Chasseurs de l'ombre seraient toujours une menace. Mais la pierre Makoki était un objet pour lequel ses compagnons Toa avaient été prêts à mourir, des milliers d'années auparavant. Même s'il ne connaissait pas sa véritable importance, il savait qu'elle avait dû être indispensable d'une façon ou d'une autre. Pouvait-il trahir la mémoire de ses camarades décédés en laissant passer la chance de la récupérer?

— Viens avec moi, déclara Lhikan. Tu vas envoyer un message à ton chef. Tu vas lui dire que la guerre est perdue. S'il nous rend la pierre Makoki, nous allons vous laisser partir de Metru Nui et rentrer

chez vous, toi et les autres Chasseurs de l'ombre…
mais à deux conditions.

— Lesquelles?

— Vous ne reviendrez jamais… et vous
emmènerez Nidhiki avec vous. Je ne veux plus le voir
ici.

Hakann sourit.

— Comment puis-je être sûr que tu respecteras
ta promesse? demanda-t-il.

— Les Toa respectent toujours leurs promesses,
répondit Lhikan.

Hakann ricana.

— J'imagine que ce détail a échappé à Nidhiki lors
de sa formation.

Tout se passa comme Toa Lhikan l'avait prévu.
Lorsque Nidhiki, le reste de la garde du Colisée et
lui-même pénétrèrent dans le canyon des Murmures
infinis, ils furent aussitôt assaillis par les Chasseurs de
l'ombre. Mais un moment plus tard, ces derniers se
retrouvèrent encerclés par 300 Toa arrivés dans la
cité, sur les navires de « ravitaillement » qui avaient
accosté la veille.

Ayant vécu sous la discipline de fer du Ténébreux
pendant si longtemps, les Chasseurs de l'ombre

s'attendaient à ce que les Toa leur servent un traitement semblable. Pour eux, un échec signifiait systématiquement la mort.

— Et maintenant? lança Lariska à Toa Lhikan, sur un ton de défi. Vous allez tous nous jeter à la mer?

Hakann retint son souffle. Lhikan allait-il tenir parole?

Le Toa du feu hésita un moment. Puis il déclara :

— Un message avait été envoyé au Ténébreux avant même que vous entriez dans le canyon. Nous allons vous permettre de sortir d'ici par le chemin que vous avez emprunté à l'aller.

Lhikan continua en énumérant les mêmes conditions qu'il avait soumises à Hakann. Nidhiki fut stupéfait d'apprendre que lui aussi allait être banni de la cité. Lariska sembla déçue, car pour elle, la mort aurait été préférable au châtiment que le Ténébreux lui réserverait pour cet échec. Hakann jubila en observant la scène.

Dès le lendemain matin, des bateaux mirent le cap sur l'île du Ténébreux. Ils avaient à leur bord Nidhiki et les Chasseurs de l'ombre. Nidhiki était debout, seul, près du bastingage, et contemplait la cité qu'il était certain de ne plus jamais revoir. Aucun Chasseur de l'ombre ne s'approcha de lui. En regardant la scène, Hakann ne put s'empêcher de se remémorer les paroles que le Ténébreux avaient prononcées il y avait si longtemps déjà : « Je n'aime pas les traîtres, mais je méprise les incompétents. »

Comme il l'avait toujours fait, le Ténébreux tint parole. Deux mille ans s'écoulèrent avant qu'un autre Chasseur de l'ombre pose le pied à Metru Nui... et Nidhiki allait faire partie des trois qui y retourneraient.

Toutefois, le chef des Chasseurs de l'ombre n'avait pas l'intention de laisser la pierre Makoki aux mains des Toa. Six mois après la défaite des Chasseurs de l'ombre à Metru Nui, il envoya une équipe à l'endroit où les Toa gardaient la pierre. L'équipe réussit à s'en emparer. Le Ténébreux ordonna qu'elle soit coupée en six morceaux afin d'en retirer six fois la rançon. La Confrérie de Makuta offrit le meilleur prix, même si elle ignorait sa signification véritable.

À présent, le seul problème né de la guerre entre les Toa et les Chasseurs de l'ombre s'appelait Nidhiki. Bien que Lariska ait affirmé que ni elle ni l'ex-Toa n'étaient responsables de la défaite, elle avait été sévèrement punie et Nidhiki avait été banni. Le Ténébreux estimait les connaissances et l'expérience de Nidhiki, mais il ne pouvait pas se résoudre à lui faire totalement confiance. Il savait aussi que Nidhiki complotait pour s'enfuir de l'île, dans l'espoir de reprendre un jour sa carrière de Toa.

Le Ténébreux imagina une solution délicieusement méchante à ce problème. Il permit à Nidhiki de s'approcher si près de la liberté que l'ancien Toa pouvait presque y goûter. Puis, au dernier moment, il permit à Roodaka, une nouvelle recrue, d'utiliser ses pouvoirs pour transformer Nidhiki en un monstre semblable à un insecte. Il devint si hideux que jamais les Matoran ne l'accepteraient parmi eux. Il était donc condamné à rester un Chasseur de l'ombre jusqu'à la fin de ses jours.

Et nous autres, dans tout ça? se demanda Hakann en voyant Nidhiki réagir avec horreur à sa nouvelle apparence. *Resterons-nous des Chasseurs de l'ombre toute notre vie? Ou aurons-nous l'occasion, un de ces jours, de dire au revoir à cet endroit misérable… et de jouir d'une puissance que même le Ténébreux n'a jamais imaginé posséder?*

Il décida que c'était une idée qui méritait réflexion.

6

Deux cent cinquante ans plus tôt...

Reidak était un Chasseur de l'ombre heureux.

Depuis un jour et demi, il était affecté à la garde du mur sud d'une forteresse des Chasseurs de l'ombre. Les ordres étaient simples : quiconque essaierait de franchir le mur devait être écrasé, piétiné, aplati ou dissuadé de faire une nouvelle tentative. Jusqu'à présent, Reidak avait eu l'occasion de s'adonner à son passe-temps préféré – le massacre – sur un groupe de Rahkshi, une armure complète d'Exo-Toa qui se baladait en mode automatique, et une douzaine de Rahi portant des masques Kanohi infectés qui contrôlaient leurs mouvements. Les effectifs de la Confrérie de Makuta allaient sûrement lancer une nouvelle offensive bientôt, ce qui lui convenait tout à fait. Reidak ne souhaitait qu'une chose : que ce bonheur ne finisse jamais.

L'héritage du mal

Il y avait longtemps que les relations entre la Confrérie de Makuta et les Chasseurs de l'ombre s'étaient gâtées. C'étaient des Chasseurs de l'ombre qui étaient de garde lorsque six Toa, des Toa Hagah, avaient réussi à voler à la Confrérie les morceaux de la pierre Makoki et le masque Kanohi de la lumière. Même si les Chasseurs de l'ombre avaient combattu avec force et brio, on les avait quand même blâmés de ne pas avoir pu empêcher ces vols. La Confrérie avait insisté pour que les gardes impliqués soient exécutés, mais le Ténébreux avait refusé. Les choses en étaient restées là… du moins, en apparence.

Trois siècles plus tard, le Makuta de Metru Nui engagea trois Chasseurs de l'ombre pour l'aider à mener une attaque visant à prendre le contrôle de Metru Nui : Nidhiki, une grosse brute appelée Krekka et un troisième, dont le nom de code était l'Éliminateur. Leur tentative échoua. Dans un effort désespéré pour récupérer rapidement ses énergies perdues, Makuta absorba Nidhiki et Krekka à même sa substance, les tuant sur-le-champ. L'Éliminateur n'en sut jamais rien, pas plus que les autres Chasseurs de l'ombre. Tout ce qu'ils savaient, c'était que Nidhiki et Krekka n'étaient jamais revenus de leur mission.

Peu de temps après, la découverte du Kanohi Vahi, le Masque du temps, attira autant le Ténébreux que le Makuta de Metru Nui dans cette cité. Ils se disputèrent le masque. La dispute tourna au combat lorsque le Ténébreux apprit que Makuta avait tué deux Chasseurs de l'ombre. Même s'il était gravement blessé, Makuta parvint à vaincre le chef des Chasseurs de l'ombre. Cependant, grâce à l'esprit vif d'un Toa du feu nommé Vakama, ni l'un ni l'autre ne put mettre la main sur le masque.

Mais le mal était fait. Le Ténébreux jura de se venger et déclara la guerre à la Confrérie de Makuta. Pour bien des membres de l'organisation, c'était comme déclarer la guerre au soleil ou à la mer. La Confrérie détenait une puissance inimaginable. De l'avis de tous, ce n'était qu'une question de semaines avant que les Chasseurs de l'ombre se fassent massacrer.

Cependant les choses se déroulèrent autrement. La Confrérie avait fort à faire, à la suite d'un biotremblement qui avait secoué l'univers. Metru Nui était en ruine et, au sud, un morceau du continent s'était détaché et volatilisé… Et ce n'était que le début des soucis. Les tentatives de l'armée des araignées Visorak, envoyée par la Confrérie pour conquérir Metru Nui, avaient échoué. Le roi des Visorak était mort et les quelques araignées qui avaient survécu s'étaient dispersées aux quatre coins du monde.

Quant aux Toa, ils ne s'étaient pas croisé les bras pendant tout ce temps. Parfaitement conscients de l'ampleur de la perfidie de la Confrérie, ils l'avaient attaquée chaque fois qu'ils en avaient eu l'occasion. À plusieurs endroits, les forteresses de la Confrérie étaient assiégées. Dans certains secteurs, les Toa avaient forcé la Confrérie à cesser presque complètement ses opérations. De nombreux Toa avaient péri durant les combats – ce dont Reidak ne se souciait pas du tout –, mais ils avaient quand même donné du fil à retordre à la Confrérie.

Pendant ce temps, les Chasseurs de l'ombre avaient remporté beaucoup de succès avec leur stratégie de frappes éclair, de sabotages, de vols et d'enlèvements. Ils avaient commencé par importuner la Confrérie, puis ils avaient fini par l'affaiblir pendant plusieurs centaines d'années. À présent, la Confrérie ripostait.

Reidak scruta l'obscurité. Quelqu'un avançait dans les bois en direction de la forteresse. Il semblait être seul, trop petit pour être un Exo-Toa, trop grand pour être un Rahkshi ou une araignée Visorak. Reidak se demanda qui cela pouvait être et quel genre de bruit son corps ferait lorsqu'il le laisserait tomber dans le vide, du haut du mur.

Zaktan approcha.

— Cette créature n'est pas pour toi, dit-il. Alors, pas de mutilation, de broyage ou de massacre.

Reidak jeta un coup d'œil en bas. La créature avait atteint le bas du mur dans un temps record et était déjà en train d'escalader la paroi de pierre abrupte. Un rayon de lune éclaira un instant une silhouette noire, lisse et brillante. Le cruel Chasseur de l'ombre sourit.

— Je vois, dit-il. Ce serait quand même amusant de l'affronter un jour et de voir lequel d'entre nous sortirait gagnant.

— Tu ne « sortirais » de rien du tout, répliqua une voix mielleuse et féminine. Tu ne ferais que… mourir.

Roodaka franchit le sommet du mur. Il s'agissait de sa troisième visite à cette forteresse en autant de mois. Si la Confrérie apprenait qu'elle vendait des renseignements sur ses membres aux Chasseurs de l'ombre, sa vie connaîtrait une fin abrupte. Zaktan la soupçonnait de fournir également des renseignements sur les Chasseurs de l'ombre à la Confrérie, mais il ne pouvait pas le prouver.

— Qu'as-tu à m'apprendre?

— Où est le paiement? répliqua Roodaka.

Zaktan lui tendit une tablette. Il aurait été immédiatement emprisonné, ou pire encore, si un Chasseur de l'ombre avait aperçu ce qui y était gravé : un plan détaillé de la forteresse du Ténébreux où figuraient même les emplacements des gardes, les pièges, ainsi que toutes les autres mesures de sécurité. Grâce à ce plan, un ennemi pouvait s'introduire dans la forteresse et éliminer facilement le chef des Chasseurs de l'ombre… enfin, à première vue.

En réalité, même avec ce genre de renseignement en main, il n'était pas facile de renverser le Ténébreux. Zaktan l'avait appris à ses dépens. Si Roodaka voulait s'y essayer, elle serait fort probablement tuée, ainsi que tous les subalternes de la Confrérie qui l'accompagneraient. Si par hasard elle réussissait, Zaktan était certain de pouvoir l'éliminer à son tour et de prendre le pouvoir.

— Vous devez quitter cet endroit, déclara Roodaka. D'ici une heure, il sera encerclé et, d'ici deux heures, il sera envahi. Tout Chasseur de l'ombre fait prisonnier regrettera vite de l'avoir été.

— Pourquoi veulent-ils tant cet endroit? demanda Reidak. Je sais qu'ils rêvent de me mettre hors de combat, bien sûr, mais à part cela?

Roodaka regarda Reidak, puis se tourna vers Zaktan.

— Il est toujours ainsi?

— La plupart du temps, répondit Zaktan, mais il nous est quand même utile. Et puis, sa question est pertinente : cette forteresse n'occupe pas une position stratégique et elle n'est pas la plus importante non plus. Alors, pourquoi la Confrérie veut-elle tant s'en emparer?

Roodaka sourit.

— Ceux qui ne connaissent pas le passé sont condamnés à en répéter les erreurs, Zaktan… et parfois, ils sont condamnés, tout simplement. Ne savais-tu pas qu'à une autre époque, cette forteresse avait appartenu à la Confrérie?

Zaktan jura en silence. Non, il ignorait ce petit détail, et le Ténébreux n'avait pas jugé bon de le lui mentionner avant de l'envoyer ici.

— Je parie que tu n'as pas exploré les lieux non

plus, continua Roodaka. Vous vous contentez d'être de bons petits gardes, j'en suis sûre. Pauvres... pauvres pantins... Ce que vous ignorez peut causer votre perte.

Après leur avoir adressé un petit signe de la tête, elle se glissa de l'autre côté du parapet et disparut. Zaktan la suivit des yeux tout en ruminant. Puis il se tourna vers Reidak.

— Reste ici, lui ordonna-t-il. J'ai quelque chose à faire.

— Et que fais-tu de ton bout de mur? Qui va s'occuper de le surveiller?

— C'est évident, il me semble, répondit Zaktan. Toi. Si jamais l'envahisseur arrive et te tue... appelle-moi.

Reidak n'eut pas le temps de protester; Zaktan avait déjà descendu l'escalier menant à l'intérieur de la forteresse. Contrairement à ce que Roodaka croyait, Zaktan avait exploré chaque recoin des lieux, peu de temps après son arrivée ici. Thok, lui, ne s'était pas contenté d'explorer : il s'était aussi emparé de tout ce qu'il était possible de prendre. Mais de toute évidence, quelque chose leur avait échappé. Quoi que ce fût, la Confrérie était prête à sacrifier des vies pour mettre la main dessus.

Thok avait accepté d'aider Reidak à faire le guet, non pas par amour du travail, mais simplement par crainte de ce que Reidak avait menacé de lui faire s'il refusait. Contrairement à Reidak, Thok n'éprouvait aucun plaisir à combattre les différents membres de l'armée de la Confrérie. Ces derniers possédaient rarement des trésors qui valaient la peine d'être volés ou des armes qui méritaient d'être récupérées. Sans compter qu'ils mettaient un temps fou à mourir et laissaient des dégâts derrière eux.

— Tu vois quelque chose? demanda Reidak.

— Du noir. Des flots. Ma vie qui passe, répondit Thok.

— Et là-bas? demanda le Piraka à l'armure noire. Qu'est-ce que c'est?

Thok s'approcha du parapet en soupirant. Au début, il ne vit que les arbres, le sol et la mer, éclairés çà et là par un mince rayon de lune. Rien d'extraordinaire. Une brise soufflait dans les arbres, de grosses vagues se brisaient sur le rivage et le sol se déplaçait vers la forteresse…

Surpris par cette dernière observation, Thok

scruta la nuit encore une fois. Oui, le sol bougeait…
non, non, ce n'était pas cela. Une chose se déplaçait
sur le sol… plusieurs choses, à vrai dire. Elles étaient
enveloppées de brume, mais elles manifestaient leur
impatience en émettant des bruits stridents qui
trahissaient leur présence.

— Des Visorak!

Les Chasseurs de l'ombre coururent aux remparts
pour défendre leur forteresse, mais la scène se
transforma vite en chaos. Les Visorak Oohnorak
utilisaient leur pouvoir d'imitation pour crier des
ordres contradictoires avec les voix de Zaktan, de
l'Ancien et même du Ténébreux. Les Vohtarak
chargeaient furieusement le bas des remparts pour
essayer de faire des brèches dans la pierre. Les
Boggarak escaladaient les murs et projetaient des
disques qui transformaient leurs opposants en
poussière.

Pour leur part, les Chasseurs de l'ombre
s'employaient à défendre leur forteresse de leur
mieux. Reidak arrachait des pierres des remparts et
les lançait de toutes ses forces sur les Suukorak.
Thok faisait taire les Oohnorak avec son fusil
réfrigérant, puis lançait des pierres pour faire éclater

les Visorak gelées en milliers de morceaux. D'autres Chasseurs de l'ombre utilisaient des lances, des perches et tout ce qui leur tombait sous la main pour tenter de repousser leurs attaquantes.

— Si ça continue, nous allons avoir un problème! cria Thok.

— Pourquoi? Parce qu'elles vont prendre la forteresse? demanda Reidak.

— Non, parce qu'elles vont nous couper la route, répondit le Piraka à l'armure blanche. Peut-être que toi, ça t'intéresse de connaître une mort glorieuse en défendant ce tas de cailloux, mais pas moi. Tous ces minables peuvent figurer comme héros dans les annales des Chasseurs de l'ombre. Moi, je choisis la vie, sans hésiter.

— Et Zaktan, dans tout ça?

Thok frappa une Visorak qui tentait de franchir le parapet, puis attrapa les pattes avant d'une autre et la lança en l'air de toutes ses forces.

— Je m'en balance, répondit Thok.

Zaktan entendait les bruits de combat venant d'en haut, mais il ne broncha pas. Il n'allait pas laisser une autre attaque de la Confrérie le détourner de son but. S'il y avait un objet de valeur à trouver dans cet endroit, il le trouverait.

Il s'était rendu directement au sous-sol. C'était là qu'il avait le plus de chances de trouver l'entrée d'une pièce secrète, puisque tout l'espace était occupé aux étages supérieurs. Une fois sur place, il entreprit la fouille la plus minutieuse qui soit en envoyant les protodites microscopiques qui composaient son corps inspecter chaque fissure et chaque fente. Lorsque les particules rencontraient un obstacle solide, il les rappelait à lui. Seuls les protodites qui parvenaient à se faufiler dans un espace inconnu retenaient son attention.

Zaktan entendit les cris et les hurlements de ses compagnons Chasseurs de l'ombre, mais il n'en tint pas compte. Sa tâche était colossale; elle ne pouvait pas être faite à la sauvette. Il lui fallut un temps fou avant de dénicher, dans le plancher, une petite fente qui communiquait avec une autre pièce située au-dessous. Il fit glisser tout son corps dans cette ouverture minuscule et reprit sa forme dans le sous-sol secret de la forteresse.

Au premier coup d'œil, il fut déçu. Il n'y avait pas l'ombre d'une arme ou d'un coffre au trésor. Aucun masque Kanohi ne décorait les murs. Zaktan se serait contenté d'une deuxième pierre Makoki, mais il n'en trouva pas. L'endroit n'était qu'une pièce vide faite de quatre murs de pierre couverts de symboles, mais encore là, ces symboles ne signifiaient rien.

Qu'importe, il avait tout son temps. Remonter là-haut signifierait plonger au cœur du combat qui s'y déroulait. Il se contenta donc d'examiner les murs, à la recherche d'un indice qui l'éclairerait sur la signification des inscriptions.

Certaines d'entre elles avaient été gravées avec beaucoup de vigueur, d'autres avec hésitation, et quelques-unes avaient été biffées violemment. Aux yeux de Zaktan, ces inscriptions ressemblaient aux notes prises lors d'une expérience ou à des calculs quelconques, mais dans l'ensemble, c'était du charabia. Rien d'autre que des symboles lancés au hasard sur un mur, ne formant aucun mot reconnaissable ni aucun motif à partir duquel on aurait pu déchiffrer un code (à condition, bien sûr, que c'en fût un).

Il recula d'un pas et examina seulement les pictogrammes. Il reconnut le Grand masque Hau, utilisé traditionnellement pour symboliser le Grand esprit Mata Nui. Tout près était gravé le Kraahkan, le masque porté par le Makuta de Metru Nui. Puis il y avait un troisième symbole que Zaktan ne connaissait pas : un croissant aux angles aigus dont les pointes étaient dirigées vers le haut. Intrigué, le Chasseur de l'ombre tendit la main et le toucha.

Dès que ses doigts effleurèrent le symbole, un grondement emplit la pièce. Au grand étonnement de Zaktan, les pierres des murs se mirent à changer de place. Lentement au début, puis trop vite pour que l'œil puisse les suivre, elles bougèrent en tous sens, se bousculant les unes les autres pour se placer ailleurs et former… quoi, au juste?

Tout cela ne prit que quelques secondes. Pendant ce temps, Zaktan s'était réfugié au centre de la pièce, de peur que les murs ne veuillent l'attaquer par la suite. Dans l'immobilité soudaine qui suivit cette démonstration remarquable, il regarda autour de lui.

C'était incroyable. En changeant de place sur les murs, les pierres avaient transformé des lignes et des lignes de charabia… en un texte cohérent. Zaktan se mit à lire, et ce qu'il lut l'abasourdit.

La pièce renfermait une chronique écrite par la Confrérie de Makuta. On y relatait en détail les événements qui avaient précédé le jour où le Grand esprit Mata Nui était tombé dans un sommeil éternel. Zaktan avait toujours cru que cet événement s'était produit de façon soudaine et qu'il était probablement dû à un quelconque pouvoir étrange du Makuta. Il supposait que Mata Nui se réveillerait aussitôt que la Confrérie serait vaincue.

Mais ces inscriptions lui firent comprendre qu'il avait tort. Ce n'était pas la Confrérie tout entière qui avait fait cela à Mata Nui, mais seulement un de ses membres : le même qui avait affronté le Ténébreux en duel, le plus expérimenté et le plus puissant de toute la Confrérie. En réalité, l'événement qui avait causé la chute de Mata Nui avait pris naissance des centaines d'années avant que le sommeil l'emporte.

Tout était écrit ici : les plans de Makuta pour s'emparer du pouvoir à Metru Nui, les prophéties au sujet du grand cataclysme et un avertissement sinistre expliquant que l'univers pourrait disparaître suite à ces événements. Il y avait aussi une note griffonnée à la hâte, à propos de la venue possible d'un Toa de la lumière. Dans un coin, des inscriptions plus récentes précisaient le temps que le Grand esprit mettrait à mourir de ses blessures. Et juste en bas, un mot unique avait été gravé sauvagement dans la pierre : *Feu*.

Mais ce n'était pas tout. La pire de toutes les prédictions avait des implications ahurissantes; elle était d'une audace aveuglante… et révélait une cruauté d'une profondeur inouïe. La Confrérie avait prédit que, si la tentative de conquérir Metru Nui échouait et que les Matoran s'échappaient, les villageois finiraient éventuellement par se lier avec les Toa. Ces Toa devaient être éliminés si possible, mais si cela s'avérait trop difficile, on devait leur faire croire qu'ils avaient gagné leur ultime combat... même s'il fallait pour cela qu'un membre de la Confrérie meure.

Une fois que les Toa seraient suffisamment aveuglés par leur faux succès, le vrai plan se mettrait en place. On permettrait que le Grand esprit se réveille... et commencerait alors un règne de noirceur, une noirceur qu'aucun Matoran n'aurait pu imaginer, pas même dans ses pires cauchemars.

Frappé de stupeur, Zaktan se laissa glisser sur le sol. Si on les comparait au complot de la Confrérie, les intrigues du Ténébreux ressemblaient aux rêves innocents d'un Rahi inoffensif. Si ce complot réussissait, il n'y aurait plus de Toa, plus de Chasseurs de l'ombre, rien que des ombres et la mort.

Sa première réaction fut de fuir la forteresse et d'aller transmettre tous ces renseignements à quelqu'un qui pourrait agir, quitte à ce que ce soit le Ténébreux.

Cette réaction dura trois secondes, tout au plus.

La deuxième réaction de Zaktan fut beaucoup plus sensée. Maintenant qu'il savait tout cela, il se dit qu'un de ces jours, il finirait bien par trouver un moyen d'utiliser ce grand complot à son avantage. S'il le fallait, il s'arrangerait pour en faire *lui-même* partie. Et quand ce jour viendrait, la Confrérie de Makuta pourrait avoir une bonne surprise.

Ils croient tout connaître du mal. Ils croient tout connaître de la perfidie, se dit Zaktan en souriant avec malveillance. *Attendez un peu qu'ils apprennent à mieux me connaître.*

À force d'habileté et de chance, les Chasseurs de l'ombre réussirent, ce soir-là, à repousser l'attaque des Visorak. Mais tous savaient qu'il y aurait d'autres assauts comme celui-là. Sans renforts, la forteresse tomberait.

Thok et Reidak maintinrent leur décision de déserter. Le lendemain du combat, ils s'enfuirent avant l'aube, laissant le rempart sud sans surveillance. Leur méthode fut tellement efficace que les autres Chasseurs de l'ombre s'aperçurent de leur départ seulement lorsque trois douzaines de Rahkshi franchirent ce rempart et décimèrent les rangs des défenseurs.

Zaktan avait décidé, lui aussi, qu'il ferait mieux de se trouver ailleurs. Mais avant de quitter les lieux, il balaya les murs de la pièce secrète à l'aide de sa vision à impact. Personne d'autre ne devait voir ces renseignements, peu importe qui allait gagner le combat. Il laissait Hakann, Vezok et les autres à ces jeux de tricherie et de trahison qui leur procuraient de petites récompenses. Lui, il allait jouer pour gagner un univers.

7

Un mois plus tôt...

— J'espère que tu as raison à ce sujet, Hakann, grogna Avak en ramant sur la mer argentée. Nos vies en dépendent.

— Dans ce cas, rien de bien important n'est en jeu, commenta Zaktan.

Hakann jeta un coup d'œil à celui qui s'était proclamé chef de l'expédition. C'était lui, Hakann, qui avait eu l'idée de partir, mais c'était Zaktan qui s'était occupé du transport et qui avait insisté pour que seulement six d'entre eux soient au courant : Hakann, Avak, Thok, Reidak, Vezok et lui-même. Quitter l'île du Ténébreux sans autorisation était un acte passible de la peine de mort. Malgré cela, tous les six en étaient venus à la conclusion que ce sort était préférable à celui de continuer à jouer les esclaves du chef des Chasseurs de l'ombre.

L'héritage du mal

— Ça en vaut la peine, affirma Hakann. Faites-moi confiance.

Avak sourit. Thok gloussa. Reidak éclata de rire, imité par Vezok.

— Te faire confiance? répéta Reidak, qui avait de la difficulté à parler, tant il riait. C'est comme si une Visorak nous disait : « Faites-moi un câlin. »

— Hakann, comment pourrions-nous te faire confiance? s'esclaffa Vezok. Après tout... nous te connaissons.

— Silence! trancha Zaktan. Si vous n'êtes pas capables de prendre cette mission au sérieux, je m'en chargerai tout seul.

— Tu ne ferais pas ça, répliqua Avak. À qui pourrais-tu lancer des ordres alors? À toi-même?

Puis, remarquant que l'amas de protodites qui formaient le corps de Zaktan bougeait constamment, il ajouta :

— Désolé. À vous-mêmes?

Zaktan choisit de ne pas relever l'insulte.

— Hakann, rappelle-nous ce que tu as entendu. N'oublie aucun détail.

— J'ai entendu dire par quelqu'un qui l'avait entendu de quelqu'un d'autre que les Matoran retournaient à Metru Nui, raconta Hakann. Ils sont guidés par un groupe de Toa et ont l'intention de reconquérir la cité.

— Ridicule, laissa tomber Thok. Tout le monde sait que leur Makuta les a chassés de cette cité et ne les laissera pas y revenir.

— Je vous l'ai déjà dit, reprit Hakann avec un sourire. Makuta est mort et enterré sous une tonne de débris.

— Je n'y crois pas, déclara Avak en hochant la tête. Des centaines de Chasseurs de l'ombre ont essayé de le tuer… sans compter les Toa Hagah, les Visorak rebelles et probablement des membres de sa propre Confrérie. Et tu veux nous faire croire qu'une poignée de Toa aurait réussi là où tout ce beau monde a échoué?

— C'est vrai que j'ai oublié de mentionner un détail de l'histoire. L'un de ces Toa était un Toa de la lumière.

Les autres Chasseurs de l'ombre se figèrent dans un silence atterré. Depuis des siècles, on niait l'existence d'un Toa de la lumière en disant que ce n'était rien de plus qu'une autre invention des Matoran. La Confrérie de Makuta avait affirmé qu'un tel Toa n'existait pas et n'existerait jamais. Les six

L'héritage du mal

Chasseurs de l'ombre présents dans l'embarcation savaient ce qu'il en était. Ils avaient tous vu le Masque de lumière et savaient que le lieu précis où il se trouvait avait été un mystère pendant plus d'un millier d'années. Mais apprendre qu'il appartenait désormais à un Toa était une surprise désagréable. Seul Zaktan sourit dans son for intérieur, car cela signifiait que la prophétie de la pièce secrète de la forteresse s'accomplissait.

— Ça… Ça change la donne, dit Vezok.

— Il y a un nouveau joueur dans la partie, en effet, confirma Zaktan. La Confrérie va paniquer. Cela pourrait signifier sa fin… et une occasion en or pour nous.

— Pour nous? répéta Thok. Tu veux dire pour les Chasseurs de l'ombre?

— Non, répondit Zaktan, je veux dire pour nous six qui formons une nouvelle force dans l'univers. Nous allons cambrioler le repaire de Makuta et, en utilisant ses armes et sa puissance, nous allons bâtir notre propre empire.

— Nous ne sommes plus des Chasseurs de l'ombre, ajouta Vezok. Nous sommes ce que l'Ancien nous a appelés, il y a sept mille ans : des Piraka.

— Eh bien, peu importe ce que nous sommes…

Antoine Harvey Boudreau

nous y voilà, déclara Avak.

Les cinq autres regardèrent dans la direction que désignait Avak. Une plate-forme de pierre apparaissait juste au-dessus du niveau de la mer. Plus loin, il y avait un ancien portail, à présent bouché par des pierres. Si le renseignement d'Hakann était exact, les vestiges d'un des repaires de Makuta se trouvaient derrière ce portail.

Avak amarra le bateau à la plate-forme et jeta un coup d'œil à la ronde.

— Je ne comprends pas. S'il y avait des Toa ici, où sont-ils à présent? Comment ont-ils pu repartir alors que l'entrée est bloquée par des tonnes de débris?

— Ils se sont rendus à une île située là-haut, lui rappela Zaktan. Il doit exister d'autres moyens d'y arriver à partir d'ici. Ils ont simplement utilisé l'un de ces moyens.

Les six Piraka grimpèrent sur la plate-forme et commencèrent à dégager le portail de ses débris. C'était un dur labeur. Zaktan aurait voulu explorer le repaire en se glissant dans les fentes entre les débris, mais les autres Piraka s'y opposèrent. Chaque paire de mains était nécessaire pour dégager la voie.

Il devint vite évident qu'ils ne creusaient pas dans

des débris quelconques, mais plutôt dans les morceaux fracassés d'une immense porte en pierre.

— Je ne veux même pas savoir qui a soulevé ceci et l'a ensuite laissé tomber, commenta Avak.

— Oh, ce n'était probablement pas aussi lourd que ça en a l'air, se vanta Reidak. En tout cas, ça ne le serait pas pour moi.

Irrité, Thok s'avança et laissa tomber sur la tête de Reidak le morceau de pierre qu'il transportait. Le bloc se fendit en deux et Reidak poussa un cri de douleur.

— Désolé, dit Thok en souriant. Je ne pensais pas que c'était aussi lourd.

Après une bonne heure de travail, Vezok s'écria :

— J'ai trouvé quelque chose!

Les autres Piraka accoururent et l'aidèrent à dégager l'endroit. Ce qu'ils découvrirent les stupéfia tous, même s'ils étaient endurcis et expérimentés.

Il s'agissait d'une grande armure noire d'allure impressionnante bien qu'elle ait été gravement endommagée. Le plastron était froissé, les bras et les jambes fissurés en plusieurs endroits et, ici et là, il ne restait plus que du métal aplati. Seul le masque Kanohi qui était accroché à la tête de l'armure semblait avoir échappé au massacre. Ce masque, c'était le Kraahkan, le légendaire Masque des ténèbres qu'avait porté Makuta.

— Pensez-vous… Pensez-vous qu'il soit toujours vivant là-dedans? interrogea Avak dans un murmure.

— S'il l'est, il ne le sera plus longtemps, répondit Zaktan.

Avant que les autres puissent l'en empêcher, il tendit le bras et retira le Masque des ténébres.

À son grand étonnement, il n'y avait rien derrière, qu'une cavité. Il envoya ses protodites à travers les fentes de l'armure, à la recherche de toute trace de tissu organique. Il ne trouva rien. L'armure était complètement vide.

— Je ne comprends pas, dit Vezok. Il devait y avoir quelque chose pour faire bouger l'armure, des muscles, des tissus… Et puis, il fallait des poumons pour respirer, ainsi que d'autres organes… Comment l'armure peut-elle être ici sans son contenu?

Les six Piraka se mirent à réfléchir, chacun avançant des théories plus macabres les unes que les autres. Finalement, Thok déclara :

— Peut-être qu'il n'y a jamais rien eu à l'intérieur. Peut-être… Peut-être qu'il n'était qu'une armure remplie d'énergie, sans rien d'organique, sans rien de tout cela.

L'héritage du mal

Hakann eut envie de dire que cette idée était ridicule et impossible, mais en son for intérieur, il savait qu'elle n'était ni l'une ni l'autre. Même après avoir passé un millier d'années à lui faire la guerre, qu'est-ce que les Chasseurs de l'ombre savaient de la Confrérie de Makuta? Ses membres existaient depuis très, très longtemps, et ils étaient puissants. Par ailleurs, ils représentaient un mystère. Qui pouvait affirmer qu'ils étaient des êtres semblables aux Piraka, aux Toa ou aux Matoran? Peut-être qu'au fil de leur histoire, ils n'avaient plus eu besoin d'organes ni de tissus pour continuer à exister.

— Le masque m'appartient, décréta Reidak en tendant le bras vers le Kraahkan.

Dès qu'il le toucha, celui-ci s'illumina. Une décharge d'énergie sombre frappa le Piraka et l'envoya s'écraser contre un mur de pierre.

— Pour un masque, il a plutôt bon goût, commenta Thok.

Reidak n'avait pas l'intention d'abandonner. Il saisit le masque à deux mains et s'y agrippa même si celui-ci le bombardait de décharges d'énergie. Finalement, incapable de supporter la douleur plus longtemps, il se débarrassa du masque en le lançant de toutes ses forces dans la mer. Le masque disparut sous les flots.

— Si la fin de cette expédition se déroule aussi bien… les choses se seront passées vraiment mal, grogna Thok. Je croyais que nous étions ici pour cambrioler, pas pour nourrir les poissons de Metru Nui!

Reidak laissa échapper un juron et les autres Piraka se remirent au travail, grommelant au sujet d'un probable trésor qui venait de leur échapper. Aucun d'eux ne remarqua les volutes de vapeur verte qui planaient près du plafond ni les bouffées de fumée qui descendaient vers eux.

Quand la dernière pierre fut enlevée, ils entrèrent dans le repaire lui-même. On aurait dit qu'une tempête avait ravagé l'endroit. Des structures de Rahkshi étaient fracassées sur le sol et des kraata rampaient tout autour. Toutes les portes avaient été arrachées par une explosion. Les murs étaient couverts de traces de brûlures laissées par des décharges d'énergie, tant de lumière que d'ombre. Avak explora un couloir et rapporta qu'à l'autre bout, un mur entier avait été ouvert, mais qu'aucun indice ne permettait d'en savoir la cause.

— Vous croyez que quelqu'un est passé avant nous? demanda Reidak.

L'héritage du mal

— C'est ce que nous allons voir. Ne marchez surtout pas là-dedans, dit Zaktan en désignant le bassin de protodermis énergisé qui trônait au centre de la pièce. Vous ne serez plus jamais capables de le décoller de vos pieds... si vous avez encore des pieds, bien sûr.

Le premier examen des lieux s'avéra décevant. Ils trouvèrent des notes relatives à diverses expériences menées sur des Rahi, des pièces d'équipement à moitié terminées et quelques petites choses impossibles à définir (et, horreur! certaines d'entre elles étaient vivantes). Ce fut Hakann qui fit la première découverte potentiellement utile en fouillant le fond de la salle d'armes. Il en sortit en brandissant une lance de vilaine allure.

— Qu'est-ce que tu en penses? demanda-t-il à Vezok. Le corps à corps ne fait pas partie des tactiques de combat de la Confrérie, alors ceci doit servir à autre chose. Comment penses-tu que ça fonctionne?

— Pointe-la dans une autre direction pendant que tu réfléchis, veux-tu?

— Pourquoi? répondit Hakann en souriant. Tu as peur que je me débarrasse de toi? Ça en ferait un de moins avec qui partager le butin, pas vrai? À vrai dire, maintenant que j'y pense, ce n'est pas une mauvaise…

Une décharge d'énergie surgit de l'extrémité de la lance et frappa Vezok. Stupéfait, Hakann laissa échapper l'arme. Vezok poussa un cri. Il eut l'impression que son corps se déchirait en deux, puis se rassemblait, puis se séparait de nouveau. Il s'écroula sur le sol, à l'agonie. Les autres Piraka restèrent là à l'observer, ne sachant ni quoi faire ni même s'ils voulaient vraiment lui venir en aide.

Puis, en un éclair, ce fut fini. Vezok gisait au sol et gémissait. À côté de lui, un autre être commençait à se lever. Il n'était pas là l'instant d'avant, mais voilà qu'il se tenait debout et jetait un regard méprisant à Vezok.

— Debout! lança-t-il. Si je peux le faire, tu le peux aussi. Après tout, je suis toi et tu es moi. Perspective intéressante, n'est-ce pas? Bien sûr, ce serait plus facile s'il n'y avait qu'un seul de nous deux… Peut-être devrais-je mourir? Non, non, ce n'est pas ça. Peut-être que toi, tu devrais mourir!

Avant que quiconque puisse l'en empêcher, le nouveau venu attrapa la lance. Il allait l'utiliser contre Vezok, mais se retint.

— Non, non, mauvaise idée. Ça ne servirait qu'à

en faire un autre comme lui... comme moi... ou encore quelque chose de pire.

Reidak se rua sur l'étranger et le plaqua contre le mur.

— Qu'est-ce que tu es? Une nouvelle invention de Makuta? Qu'est-il arrivé à Vezok?

— Il est arrivé ceci, déclara calmement le nouveau venu en soulevant la lance.

Thok s'approcha et examina l'arme. Les mots *Lance de fusion* étaient gravés sur le manche.

— Hakann, espèce d'imbécile! s'exclama-t-il. Tu l'as utilisée à l'envers. Au lieu de fusionner Vezok avec quelque chose d'autre, tu l'as dédoublé et en a fait deux êtres! Cette chose est un vezon.

— Un vezon? répéta le nouveau venu. Ah oui, vezon, un mot matoran qui signifie « double ». Oui, c'est logique. Ce sera mon nom, désormais. Je devrai d'abord vous éliminer tous, bien sûr, afin que personne ne sache que je ne suis que la moitié d'un être. Ça ne vous dérange pas, n'est-ce pas?

Au même moment, les yeux de Vezok reprirent vie. Thok croisa son regard et comprit aussitôt que son compagnon Piraka avait changé. L'esprit calculateur qui avait gardé Vezok en vie toutes ces années avait disparu et avait fait place à une colère bouillante. Vezok rugit et se jeta sur Vezon, tentant de lui arracher la lance. Quand Reidak voulut intervenir, Vezok lui donna un coup et le Piraka s'écroula, assommé.

Zaktan transforma son corps en un essaim de protodites volants qui s'interposèrent entre les deux combattants, les aveuglant et les étouffant. Tous deux reculèrent en toussant, mais Vezon s'accrochait toujours à la lance.

Zaktan allait se rappeler par la suite que ce fut là le moment précis où tout devint clair pour lui. Sans vraiment savoir comment ni pourquoi, il comprit tout à coup qu'il y avait une raison à leur présence ici. Ils devaient trouver quelque chose, mais cette chose n'était pas là. Elle était ailleurs, sur une île située loin au sud, cachée dans un endroit baigné de feu. Il s'agissait d'un objet puissant, plus vieux encore que l'univers lui-même, et cet objet les attendait.

— Le Masque de vie, murmura-t-il.

Un frisson le secoua. Il savait que ce moment était celui qu'il avait attendu. Une porte s'était soudain ouverte dans le complot de la Confrérie et il allait la franchir.

— Le Masque de... commença Thok avant de s'arrêter, stupéfait que Zaktan ait, de toute évidence, deviné ses pensées.

— Imaginez ce que nous pourrions faire avec ça, s'exclama Avak. Imaginez ce qu'il doit valoir!

Hakann ne dit rien. Il se demandait combien de Piraka il faudrait pour s'emparer d'un tel masque et à quelle vitesse il pourrait éliminer les autres, une fois que le masque serait en leur possession.

Même Vezok oublia sa rage un instant. L'image du masque emplit son esprit. Ce n'était pas un simple Kanohi. C'était une clé, tout comme la pierre Makoki en avait été une – mais celle-là était la clé de l'existence.

— Nous devons le trouver, marmonna-t-il.

— Je suis d'accord, déclara Vezon.

Tous les six se tournèrent vers lui. La furie revenait déjà dans les yeux de Vezok. Cette fois, Reidak parvint à s'interposer.

— Laisse-le nous aider, dit-il à Vezok dans un murmure rauque. Et s'il meurt durant l'opération… aucun problème! Ce ne sera pas une grosse perte. De toute façon, il ne devrait même pas être vivant.

— Non, déclara Zaktan. Il n'y a pas de place dans notre groupe pour un septième membre, surtout un membre aux origines aussi étranges.

— Tu peux parler, lança Reidak. Vezok ne trahirait jamais ses compagnons. Je serais prêt à parier que Vezon ne le ferait pas non plus. Veux-tu passer un temps fou à essayer de lui ôter cette lance ou préfères-tu l'inviter à se joindre à nous?

— Pour une fois, il a raison, dit Thok. Un combat ne ferait que nous affaiblir. Aucun de nous n'en sortira assez fort pour partir à la recherche du masque.

Zaktan accepta à regret. Il était urgent de trouver le Masque de vie. Il en était absolument certain. L'heure n'était pas à la discussion.

— Nous n'avons plus rien à faire ici, dit-il. Nous devons nous rendre immédiatement sur l'île où se trouve le masque.

— Je sais que tu as raison, dit Avak, mais… ne devrions-nous pas emporter d'autres choses, tant que nous sommes ici? Le masque est caché depuis des milliers d'années… Pourquoi nous presser?

Personne ne trouva de réponse. Tous savaient simplement qu'ils devaient se rendre aussi vite que possible sur l'île de Voya Nui. Si l'un d'entre eux pensa qu'il était étrange de connaître le nom d'une île dont aucun n'avait entendu parler auparavant, il se retint de le mentionner.

— Vous savez, il y a quand même un fait qui

L'héritage du mal

m'intrigue, déclara Reidak en regardant autour de lui. Tout ce matériel… Ce lieu est un repaire de Makuta… et il n'y a rien ni personne pour le garder. N'est-ce pas un peu bizarre?

En guise de réponse, une explosion projeta les sept Piraka contre le mur du fond. Quand la fumée se dissipa, ils virent qu'une section complète du repaire s'était volatilisée, désintégrée d'un seul coup. Quelque chose bougea dans la pénombre… quelque chose d'énorme.

— Makuta? risqua Hakann, déjà occupé à planifier sa fuite.

— Ne sois pas stupide, siffla Avak. Makuta est mort. Ce doit être un de ces Toa dotés de plus de puissance que de bon sens qui…

Une silhouette émergea des ténèbres. Elle était imposante. Des yeux haut perchés sur sa tête rouge et jaune regardaient les Piraka avec un air de dédain total, comme si ces derniers étaient des insectes qui avaient infesté sa demeure. Son corps avait une forme rectangulaire et massive. Il était doté de deux bras puissants et de jambes lourdes qui se terminaient par une bande de métal solide. Des chenilles fixées aux deux bouts de la bande lui permettaient de rouler facilement sur les débris.

— Mana Ko, murmura Zaktan, stupéfait.

— Hein? dit Reidak.

— La Confrérie utilise, comme gardiens, des créatures semblables à des crabes, expliqua Zaktan à la hâte. On les appelle Manas. Je les ai déjà vus exterminer une douzaine de Chasseurs de l'ombre en l'espace de quelques minutes. La Confrérie a toujours prétendu que les Manas n'étaient qu'un échantillon de sa puissance et que la bête qu'il fallait le plus craindre était le Mana Ko. Cette créature correspond à la description.

— Donc, c'est un Rahi, dit Reidak en haussant les épaules. Un très gros Rahi… Bon, d'accord, un Rahi gigantesque… qui peut désintégrer des murs. Alors, regagnons notre bateau et fichons le camp.

Comme s'il avait compris ce que le Piraka venait de dire, le Mana Ko visa la plate-forme de pierre et tira. La plate-forme explosa et s'écroula dans la mer, juste au-dessus de l'endroit où l'embarcation des Piraka était amarrée.

— Bon, pourquoi s'en aller quand le plaisir commence à peine? reprit Reidak.

— Nous allons devoir l'affronter, déclara Zaktan.

L'héritage du mal

Vezon, distrais-le pendant que nous... Où est Vezon?

Les autres Piraka regardèrent autour d'eux. Leur nouvel « allié » avait disparu, emportant la lance avec lui.

— Il est évident qu'il a hérité de l'intelligence de Vezok, marmonna Avak, mais il semble avoir aussi hérité du courage d'Hakann.

— Séparez-vous, ordonna Zaktan. Sinon, il va tous nous tuer d'un seul coup.

— Oui, approuva Thok, qui avait déjà commencé à s'éloigner. De cette façon, il pourra tirer au moins six fois.

— Avak, emprisonne cette chose, ordonna Zaktan.

Avak se concentra. Une cage qui semblait faite de verre transparent apparut autour du Mana Ko. Quand la bête tira une nouvelle décharge, celle-ci rebondit sur les murs de la cage et ricocha de tous côtés à l'intérieur. Une seule expérience de ce genre suffit au Rahi monstrueux qui réagit en poussant un cri perçant.

— Garde-le emprisonné pendant que nous sortons d'ici, dit Zaktan. Les autres, trouvez-nous un moyen de nous enfuir… et retrouvez Vezon!

Les Piraka avaient à peine commencé à grommeler au sujet de qui devrait donner les ordres et qui devrait les suivre quand le mur derrière eux explosa vers l'intérieur. Un morceau de pierre heurta Avak de plein fouet, l'assommant sur le coup. Aussitôt, la cage retenant le Mana Ko prisonnier disparut.

Thok n'avait aucune envie de jeter un coup d'œil derrière lui pour voir ce qui avait provoqué cette explosion. Peu importe ce que c'était, il ne voulait pas le savoir. Cela allait gâcher à coup sûr ce qui était probablement le dernier jour de sa vie.

Il regarda quand même. Un deuxième Mana Ko avançait vers eux. Les Piraka étaient pris entre les deux Rahi.

Je n'arrive pas à y croire, se dit Thok. *Hier, j'étais un Chasseur de l'ombre respecté, détesté et craint. Aujourd'hui, je suis sur le point d'être dévoré par un fruit de mer enragé.*

— Comment se fait-il qu'il n'y ait jamais de Toa dans les environs quand on a besoin d'eux? demanda Reidak.

— Pourquoi? Pour nous secourir? interrogea Thok.

— Non. Pour mourir les premiers, répliqua

L'héritage du mal

Reidak. Bon, aussi bien s'amuser un peu.

Les deux Mana Ko s'étaient immobilisés, comme s'ils attendaient de voir ce que les Piraka allaient faire. Hakann risqua un œil par-dessus les débris et agita le bras. L'un des Mana Ko répondit par un tir qui fit un gros trou dans un mur tout près.

— Ils réagissent au mouvement, conclut-il. Donc, tout ce que nous avons à faire, c'est de rester parfaitement immobiles et d'attendre. Autrement dit, c'est comme une journée normale pour Thok.

— Deux choix s'offrent à nous : nous battre ou nous enfuir, dit Zaktan.

— Tu as oublié la troisième option : mourir d'une mort atroce, répliqua Thok.

— Au mouvement, hein? répéta Vezok. Dans ce cas, je compte jusqu'à trois et on saute dans ce trou qu'il vient de faire dans le mur. Un… deux…

Soudain, le Piraka à l'armure bleue agrippa Hakann et le fit culbuter devant les deux Mana Ko. Ceux-ci se tournèrent vers Hakann.

— Trois! cria Vezok en se précipitant vers le trou, suivi de près par tous les autres… à l'exception d'Hakann.

Les deux Mana Ko tirèrent en même temps en direction du Piraka à l'armure rouge. Il esquiva les tirs, plongea et roula sur lui-même, essayant de ne pas être fracassé en plus de morceaux que Zaktan ne l'était. Entre les explosions, il leva les yeux et aperçut ses compagnons qui fuyaient. Il se jura de rendre la pareille à Vezok. Ce n'était pas qu'il lui en voulait de ce qu'il avait fait; il s'en voulait plutôt à lui-même de ne pas y avoir pensé le premier.

Un objet sortait de sous les débris, juste devant lui. Il l'attrapa et tira dessus pour le dégager : c'était un morceau de l'armure de Makuta. Hakann poussa un hurlement et le lança de toutes ses forces derrière lui. Quand les deux Mana Ko réagirent en attaquant l'objet volant, Hakann se faufila à toute vitesse dans le trou par lequel ses compagnons avaient fui.

Ces derniers ne s'étaient pas rendus bien loin. En effet, la pièce dans laquelle ils s'étaient réfugiés était un cul-de-sac.

— Et maintenant? grogna Reidak. Nous ne pouvons ni avancer ni reculer.

Thok fronça les sourcils.

— À mon avis, nous devrions…

— Attention!

Tous les cinq se retournèrent pour voir Hakann courir vers eux, suivi des Mana Ko.

— Idiot! lança Zaktan. Tu étais censé rester là-bas et les occuper!

— C'est ce que j'ai fait! cria Hakann. Et c'était si amusant que j'ai pensé vous laisser essayer à votre tour!

— Ce serait peut-être une bonne chose... fit remarquer Thok. Tous au sol! Immédiatement!

Les six Piraka s'allongèrent sur le sol de pierre. Les Mana Ko lancèrent aussitôt des décharges d'énergie mortelles qui firent exploser le mur du fond.

— Maintenant, courez! cria Thok.

La poursuite qui suivit fut vraiment bizarre, même pour d'anciens Chasseurs de l'ombre. Comme chaque couloir se terminait par un mur, les deux Mana Ko finissaient chaque fois par ouvrir une brèche aux Piraka en tentant de tirer sur eux. Quand le chemin devint une pente abrupte et étroite, les Piraka n'eurent d'autre choix que d'accélérer. Ils étaient tellement pressés les uns contre les autres que leurs poursuivants auraient pu tous les abattre d'un seul coup. C'est alors que Zaktan remarqua quelque chose d'extrêmement étrange. Les Mana Ko avaient cessé d'avancer. Ils se tenaient au pied de la pente et se contentaient de regarder. La victoire était à leur portée, mais ils se comportaient comme s'il y avait une barrière invisible entre eux et les Piraka.

— Pourquoi n'attaquent-ils pas? demanda Hakann. Nous sommes une cible facile.

— Je l'ignore et je m'en fiche, répondit Zaktan. Ce mur là-devant : nous allons l'abattre.

Les deux Piraka se joignirent à Vezok pour fracasser le mur à l'aide de leurs pouvoirs de vision. Il leur fallut bien plus de temps qu'ils ne l'avaient imaginé, mais lorsqu'ils réussirent, ils se retrouvèrent dans un autre monde.

Une lumière extrêmement vive et chaude émanait du ciel, qui était d'un bleu incroyable. Une brise marine salée faisait ondoyer des arbres tropicaux, tandis que des singes brakas pourchassaient les oiseaux de mer qui s'approchaient trop près des branches. Les bruits des Rahi et du ressac des vagues qui se fracassaient contre les rochers au loin animaient ce paysage.

C'était franchement dégoûtant.

— Trop aveuglant! ronchonna Reidak en s'abritant les yeux de la main. Qui pourrait vivre dans un endroit pareil?

— Respire un peu l'air, renchérit Thok en grimaçant. Il est… infect.

— Je commence à m'ennuyer des Mana Ko,

marmonna Avak. Dans quel genre de trou avons-nous abouti?

Zaktan n'écoutait pas. Il regardait autour de lui. Les six Piraka se tenaient dans ce qui semblait être un temple naturel. Une haute montagne les surplombait. Une image y était gravée, que Zaktan reconnut immédiatement : c'était celle du légendaire Masque de vie.

Il désagréga son corps en un essaim de protodites et s'envola dans le ciel. De là-haut, il avait un point de vue avantageux et apercevait des villages au loin, tous inhabités. Des morceaux de bois et des bateaux à moitié finis parsemaient la plage. Il n'y avait aucun Matoran ni aucun Toa à la ronde.

Ainsi, la rumeur disait vrai, songea Zaktan. *Après le cataclysme, les Matoran de Metru Nui ont fui au-delà du ciel… et à présent, ils sont en route pour rentrer chez eux.*

Il se souvint alors de la soudaine réticence des Mana Ko à les poursuivre. Il se dit qu'ils avaient dû recevoir des ordres de Makuta. Si les Mana Ko étaient venus jusqu'à cette île, pas un Matoran n'en serait sorti vivant. Makuta voulait régner sur eux, et non pas les éliminer; c'est pourquoi il tenait la bride haute à ses monstres.

Pendant que Zaktan redescendait pour partager ses découvertes avec ses compagnons, il remarqua autre chose. Six grosses capsules reposant sur une de leurs extrémités étaient alignées au pied de la montagne. Il était clair qu'elles avaient été placées là pour une raison précise. Et quelqu'un devait avoir été chargé d'en prendre soin, car elles étaient toutes bien entretenues.

Un bref examen lui confirma qu'il s'agissait bien de capsules de transport destinées aux Toa. Il ignorait à qui elles appartenaient et, de toute façon, il s'en fichait, pourvu qu'aucun Toa ne se trouvât dans les environs. Ces capsules étaient la solution parfaite au problème des Piraka : grâce à elles, ils pouvaient se rendre à Voya Nui, même si leur bateau avait été détruit par les Mana Ko.

C'est alors que Zaktan eut une idée. Là où ils s'en allaient, les Piraka étaient presque sûrs de rencontrer des Matoran. Et quel Matoran ne sauterait pas de joie devant l'arrivée de capsules Toa… et des Toa qu'inévitablement elles transportaient? Voyager à bord de ces capsules offrait à l'envahisseur une entrée gratuite pour quasiment n'importe quelle île.

Il sourit. Même si les Piraka ne réussissaient à berner les Matoran que pendant quelque temps, ce pourrait être suffisant pour leur permettre de trouver le Masque de vie.

Dans l'heure qui suivit, les Piraka réussirent à tirer les capsules jusqu'à la plage. Avak parvint à comprendre leur fonctionnement et, aidé de Zaktan, il élabora un itinéraire jusqu'à Voya Nui. Personne ne perdit de temps à se demander comment ils connaissaient la situation géographique de l'île. Après tout, il y avait un masque à trouver.

— Quand nous arriverons là-bas, souvenez-vous : vous êtes des Toa, leur rappela Zaktan. Essayez de vous comporter comme eux, ou du moins… n'agissez pas comme vous le faites habituellement. Les Matoran vont nous accueillir en héros et ils ne se douteront pas de notre vraie nature.

— C'est ça! lança Reidak en s'esclaffant. Hé! regardez-moi! Je suis Toa Reidak! Où est mon masque? Où sont mes outils? Où est mon air suffisant et prétentieux?

Zaktan fronça les sourcils.

— Tout compte fait, Reidak, ce serait peut-être mieux que tu restes dans ta capsule jusqu'à ce que les Matoran te trouvent. Ce serait probablement plus convaincant.

Un à un, les Piraka grimpèrent à bord des capsules. Hakann aida Vezok à entrer dans la sienne et attendit que la trappe d'accès soit scellée. Quand il fut certain que personne ne le regardait, il fit un trou minuscule dans la capsule à l'aide de deux décharges rapides de sa vision thermique, puis il souda fermement la trappe.

J'ignore si tu sais nager, Vezok, mon vieil ami, songea Hakann, *mais je parie que tu sais te noyer.*

Les six capsules s'éloignèrent de la plage. Chaque Piraka savait qu'un retour en arrière était impossible à présent. Ils avaient abandonné leurs vies de Chasseurs de l'ombre et seraient désormais activement pourchassés par leurs anciens camarades pour trahison. Ils s'embarquaient dans une nouvelle aventure – une occasion unique de voler un masque convoité, depuis la nuit des temps, par des factions puissantes partout dans l'univers. S'ils réussissaient leur mission, ils seraient en guerre contre le reste du monde. S'ils échouaient, ils mourraient.

Alors que leurs capsules fendaient les vagues en direction du sud, aucun des Piraka ne pouvait imaginer de vie meilleure que celle-là.

Épilogue

Aujourd'hui...

Zaktan émergea de ses rêveries. Étonnamment, il avait revu toutes ces histoires et tous ces souvenirs en l'espace de quelques secondes. L'escalier était là, et en bas se trouvait tout ce qu'il avait toujours voulu : le pouvoir ultime et l'occasion de se venger.

Il était convaincu que Vezon était déjà passé par là. Thok et Reidak avaient découvert une capsule dans un autre secteur de la plage de Voya Nui, une capsule qui n'avait appartenu ni aux Piraka ni aux Toa Inika. Il ignorait où Vezon l'avait trouvée, mais les traces de pas qui s'en éloignaient étaient assurément celles de l'être qui avait été leur allié pendant un court moment.

Vezon est venu jusqu'ici. Je ne sais pas comment je le sais, mais je le sais, se dit Zaktan. *Mais il ne s'est pas enfui avec le Masque de vie. S'il l'avait fait... je le saurais aussi, d'une manière ou d'une autre. Il est encore en bas... et il nous attend.*

L'héritage du mal

Zaktan ralentit le pas et laissa Hakann le dépasser. Il voulait offrir au Piraka à l'armure rouge le privilège de prendre la tête... et le privilège d'être le premier à rencontrer les gardiens féroces qui pourraient leur barrer la route. Avec un peu de chance, Hakann ne serait plus qu'un tas de cendres bien avant qu'ils aient atteint la salle du masque.

Sept mille ans, songea-t-il. Cela fait sept mille ans que je les connais, ces cinq-là, que je me bats avec eux et à leurs côtés, et que j'affronte des horreurs en leur compagnie. Tout cela nous a menés à ce jour précis et à ce crime ultime.

Six Piraka descendent l'escalier... mais un seul va le remonter. Ce sera moi.

Soudain, Zaktan s'immobilisa. L'espace d'un instant... d'un court instant... il avait cru entendre quelqu'un rire. Ce rire n'était pas venu de derrière eux ni de devant eux, mais plutôt de son propre esprit. Il l'avait entendu aussi clairement qu'il entendait ses propres pensées, et c'était justement cela qui rendait l'expérience encore plus troublante.

Car ce rire n'était pas le sien...

Thok regarda Hakann disparaître dans l'obscurité. Il devinait pourquoi Zaktan l'avait laissé passer devant.

Et c'était exactement pour cette raison que Thok avançait lentement et traînait derrière. Il n'avait pas l'intention de tourner le dos aux autres Piraka, encore moins d'être le premier à se faire dévorer par ce qui était tapi là-bas.

Il entendait le pas régulier d'Hakann qui descendait les marches de pierre devant lui. Il y avait quelque chose de réconfortant dans ce bruit. Après tout, s'il avançait d'un pas normal, c'était signe qu'il ne rencontrait aucun obstacle ni ennemi.

Peut-être Vezon s'en est-il déjà occupé pour nous? songea-t-il en souriant.

Un cri poussé par Avak chassa ces pensées joyeuses de son esprit. Il avait failli trébucher sur le corps meurtri d'Hakann. Le Piraka à l'armure rouge était recroquevillé dans un coin et tremblait de peur. Son armure rayonnait d'une chaleur tellement intense que personne ne pouvait l'approcher, encore moins le toucher. Le métal fondait littéralement sous leurs yeux, mais rien ne laissait deviner la raison de cette fonte soudaine.

C'est alors que Thok se rendit compte qu'il entendait toujours le pas régulier de quelqu'un devant eux, ce même pas qu'il avait pris auparavant pour celui d'Hakann. Cette créature avançait toujours au même rythme régulier que tout à l'heure, un pas après l'autre, sans jamais s'arrêter. Mais le hic, c'était que la créature ne descendait pas l'escalier.

Elle le montait.